氷上に滑空

Murayama Rion

村山りおん

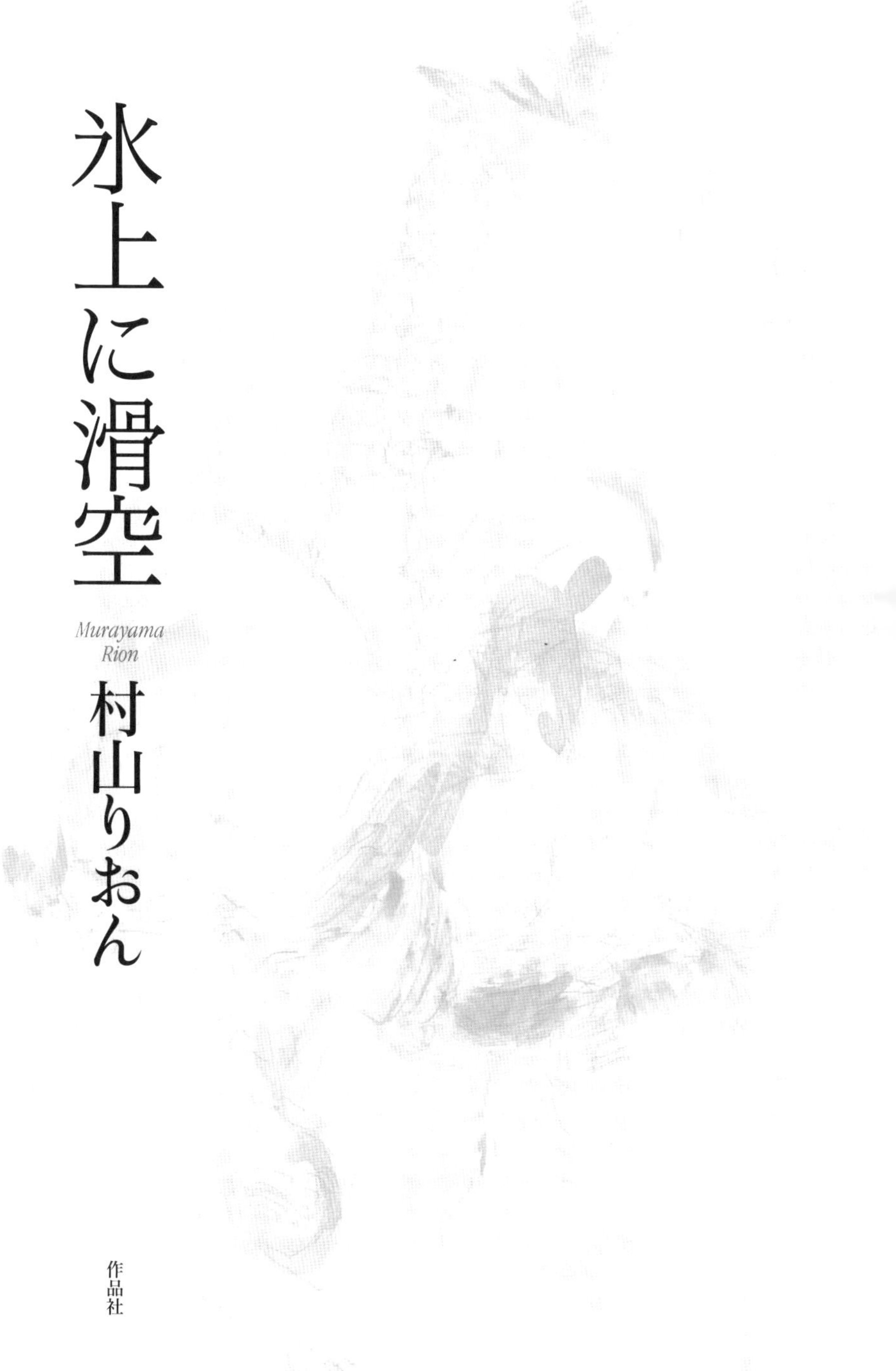

作品社

氷上に滑空

1

サキイ駅に降りてタクシー乗り場まで歩く間、辺りを見回した。それなりに新しいカフェやレストランも増え、想像していたよりもうらぶれた雰囲気は無い。地方都市の荒廃したシャッター街を漠然と予想していたが、ここはそれとは無縁のようで、駅前のロータリーにもサルビアやダリアの花々が晩夏の日差しを浴びて燃えるように咲いている。

今でもソルヴェール荘という名が残っているのか不確かだったが、乗り込んだタクシーの運転手は知っていて、直ぐに車をスタートさせた。

——久しぶりに来たけれど、町はあまり変わっていないね。

話し掛けてバックミラーを覗くと、自分より幾分か年上と見える初老の運転手が、頷くとも無くしばらく曖昧な反応を見せて、聞き返してきた。

——お客さん、久しぶりに来たって、この前にいらしたのはいつ頃ですか。

——そうだねえ。もう二十年以上も前になるかな。

途端に運転手は饒舌になった。

——そんな以前ですか。そうですか、その頃自分はここにいなかったんで、そんなもんでしたか。やっとどうにか戻ってきたんでしょうね。一時はほんとうにゴーストタウンでしたがね。今じゃ、ほら、F市からの高速道路も通って、隠れ家的なレストランや別荘も増えたんですよ。

確かに従来の鉄道路線と平行して、一段と高い山側に高速道路が見え隠れしているのには気付いていた。

——そんなもんかね。高速道路だけでそう景気が変わるのかね。

——そうですよ。今はなんと言っても車社会ですからね、特に地方は。

——でも、列車は相変わらず本数も少なくて、客もほとんどいなかったなあ。

——そうでしょう。今に廃止になるって噂ですよ。

やはり、いろいろ情況は変化しているのだろう。そういえば、かつては駅前の賑やかさを通り抜けると、道の両脇には水田ばかりが続いていたが、今はビニールハウスがあちこちに続き、南向きの斜面にはところどころ切り開かれた、緑豊かな畑とおぼしい一角もあった。

――あの斜面の畑は何だろう。何かの果樹園かな？

――葡萄畑ですよ。

運転手はバックミラー越しに、こちらの無知を確かめるように見る。

――ここいらで葡萄も作るようになったの？

――ええ、今ブームですよ。都会から新しく住み着く人もいます。町でワイン工場を作りましたし、醸造の研修所もできたんですよ。結構全国から習いに来ますよ。

――ほう、そうかね。

私は驚いて、葡萄畑の広がる方角を見やった。

ワイナリーとおぼしきレンガ造りの瀟洒な建物も丘の中腹に見えた。農家に交じって、別荘らしい洋風の建物もちらほら見える。

――そうか。二十年はふた昔なんだものなあ。

――今、このサキイ川の川辺の風情が人気ですよ。シダレ柳が続いて、水量が豊かで、ヨーロッパみたいだそうですよ。自分は行ったことはないですが……。

車はそのサキイ川を今、渡っていた。確かに以前と比べると川岸は整備され、オレンジとグリーンに色分けされたウレタン舗装の遊歩道が続いている。その色分けは歩道と自転車道路の区別なのかもしれなかった。シダレ柳は以前と比べると堂々とした樹勢で、かなりの密度で続いている。その樹陰に白い柵を巡らせ、やはり床を白くペンキ塗装した船着場と緑の屋根のボート小屋も見えた。

——今日は平日ですが、休みの日にはボート遊びや川原でのバーベキューで賑わいますよ。遊覧船も通るんですよ。

川を渡って山のほうに町道は迂回する。ソルヴェール荘には直ぐに到着した。運転手が敷地の中まで入ろうとするので、私は止めて門の前で車を降りた。

2

一見した所、門構えや本館の佇まいは変わっていなかった。しかし門を潜ると直ぐ右手にあった作業小屋は改築されて、小奇麗なガラス張りのカフェになっていた。私がいた頃は、本館前面の敷地は冬場にはスケート・リンクになり、夏場はキャンプ場の草原が広がっていた。今は手入れの行き届いた花壇が小道で仕切られて続いている。

やはり佐和子が跡を継いだのだろうか。あの頃は園芸が好きだとは知らなかった。少なくともそのような興味を見せたことは無かったように記憶している。本館の正面にはソルヴェール（緑の柳）というここの屋号にもなっているシダレ柳の大木が、日差しを正面から受けて薄緑色の豊かな葉群れを輝かせている。

私は懐かしさでしばらく本館の正面を眺めていた。今にも玄関から、あるいは裏庭を廻って、豊かな体軀を揺すって亮子が現われ、嗄れた大声で叫びそうな気がした。

――幸ちゃん、幸ちゃんじゃないの。どうしてそこに突っ立ってるのよ、早く中に入りなさいよ。

記憶の中の亮子は、いつもエネルギッシュでせかせかとした足取りで動き回り、話好きで人の面倒もよく見た。時折、その厚かましいほどのこちらへの立ち入り方に辟易したけれど、そうして七年近くもここにいたのだ。

――やっぱり、あなただったわね。

後ろから突然声を掛けられて、驚いて振り返った。

――後姿は昔とちっとも変わらない。髪はかなりゴマ塩になったけどね。

一瞬、佐和子とは分らなかった。

――こっちのほうはずいぶん変わったでしょう？

麦藁帽子を被り、よく日に焼けた痩せぎすの身体付きには見覚えがなかった。が、その澄んだ声の抑揚や、黒目勝ちの目差しは同じだった。

――そうかな？

私は曖昧に答えた。

――いいのよ、気を使わなくても。もうすっかり、昔のソプラノ歌手じゃあないもの。それで？

佐和子は相変わらず昔と同じで、要点しか言わない。それでもこちらの気持ちは直ぐに察したようで、くるりと踵を返すと本館の方へ向かった。

――今日は平日だから客もいないし、本館のレストランでお茶でも飲んでいったら。

――そうだね。そうさせてもらうよ。それでもこっちの店の方はいいのかい。

私は後を付いて行きながらも、門近くのカフェを見やった。

――ああ、あそこはいいの。節枝さんが見てくれてるから。

――節枝さんって？　昔いた手伝いの小母さん？

――そうよ。あの人も身寄りがなくて、もう七十過ぎたけど、勝手を知っているから助かるわ。

本館は外壁を塗装し直したらしく、以前より赤みの強いレンガ色に変わっていた。スレート屋根や窓枠、テラスの手摺は深いグリーン色に塗られている。それらの色合いの中で、シダレ柳の薄緑が自然な調和を作っている。もう花は終わったが、ミモザの木も健在だった。

——以前より華やかになったね。

——そう思う？　周りにどんどん新しい店が増えてきたからね。私たちの若い頃はもっと過疎化すると思ってたけど。

「私たち」と言ってから、佐和子が赤くなったのが後ろからでもその耳朶の色合いで分った。私はまるで悪いことでも見つけたように目を逸らして、急いで言った。

——ここまでやるのは大したもんだよ。

佐和子はいきなり振り返って、こちらを正面から見据えた。

——あの頃とは変わった？

佐和子の真摯な目差しを受けて、私はたじろいだ。佐和子は答えを期待している。

——そうだね。

私は佐和子の視線を避けて下を向くと、小さい声で答えた。
顔を上げると佐和子は寂しそうに微笑していた。
――幸一さん、あの頃とちっとも変わっていない。
それは懐かしさの中に、幾分非難が交じった響きに聞こえた。

3

本館に入って、佐和子は吹き抜けになったロビー・ホールを横切って、奥のレストランに入っていった。以前の私だったら、木製のプランター・ボックスで仕切られた向こうのレストランまで一緒について行っただろうが、今は幾分改まって、手前のロビーのソファに座った。
レストランの突き当りは一面のガラス張りになっていて、裏庭の豊かな緑が目に眩しかった。佐和子はレストラン右手の厨房に入ってコーヒーを準備しているらしい。姿が見えなかった。私は周囲を見渡した。ロビーを入ってすぐ右手の二階の客室に通じる階段や、その奥の受付カウンターなどの位置は昔と同じだった。今もどうやらペンションは続けている様子だった。

内部の印象は外装と同じく、幾分違っていた。ソファやテーブル、カーテンなどは新しくなり、色彩豊かに変わっていた。以前は亮子の趣味で、室内のインテリアはほとんどベージュの無彩色に統一されていた。右手の厨房との間を仕切っている壁はアルコーヴになっていて、相変わらず黒いグランド・ピアノがあった。その背後の、天井まで吹き向けになった高い壁には、見慣れない絵が掛かっていた。他の壁にも私の絵は無いので安心した。

亮子の時代にはピアノの背後には私の百五十号の大作が掛かっていて、小品も何作か飾ってあった。昔の自分の絵に遭遇するのは正直、気が重かった。どんな絵でも、描き終わるともう関心がなかった。他人の絵のようだった。

あの頃の絵は他人から見たら、ありきたりの表現を使えば「一番勢いのある頃の絵」と形容されるだろう。確かにあの大作は、さる大きな展覧会で大賞を受け、これからという希望に溢れた時代の絵だった。絵にも若さと力があったのだろう。

だからといって、現在の自分の絵が下り坂で見劣りしているとは思わない。正直な今の自分の感性が現れている。昔の自分と比べることなどできない。

それにしても、私の絵は何処に行ったのだろう。そこに無いとなると気になった。

佐和子は手馴れた動きでコーヒーをロビーのテーブルまで運んできた。向かい合って座ると、こちらを向いてにっこり笑った。

――それで、どんな風の吹き回しなの、ここまで来るなんて。

――そうだね、全く唐突だものね。もう、二十数年もぱったりご無沙汰してたから。

私は手短に隣のF市で開催されている、私と友人の二人展の話をした。佐和子はなにやら意味ありげに聞いていた。

――知ってたわよ。

いきなり、答えたので驚いた。

――そうか、どうして？

――どうしてって。

佐和子はもどかしそうに幾分身を捩った。

――伯母の頃と同じよ。やっぱり何人か画家の卵が出入りしているわ。ここで相変わらず展覧会もしてるから、近隣の団体やら画廊やら、本人からでも溢れるほど情報は入ってくるの。ネットが多いけど。

――そうか。それは迂闊だったな。こっちはあまりネットなど利用しないからね。

――そうらしいわね。

佐和子は澄まして答えた。

私はどうして分かる、などとは聞き返さなかった。多分、佐和子はネット上で私の情報を検索したのだろう。そして、私のF市での展覧会も知っていた。だから、もしかして私が訪ねて来ることを予想していたのかもしれない。私に会って、それほど驚かなかった。

佐和子は私の名を検索してあまりにも少ない情報量から、私の日頃の乏しい活動状況を把握しているのだろう。私自身、友人たちがホーム・ページを作ったり、こまめにネット上で自分の作品や活動振りを発表したりしているのと比べると、あまりに素っ気ないと感じたことはある。しかし、五十も半ばを過ぎて、自分の位置はそれなりに見定め、もうこれ以上自分を売り込むことも無いと引いてしまっている。

それにしても、私の知らないところでいまだに佐和子がこちらに関心を持ち、情報を得ていたらしいということは驚きだった。そしてそれは快いものではなかった。

そんな私の反応に気付いたのか、佐和子はコーヒーを一口飲んで、話題を逸らした。

――ねえ、あの絵、どう思う？

グランド・ピアノの背後に掛かっている八十号ほどの、アクリル画とおぼしき絵に目をやった。先ほどから気付いていていた絵だ。明確な輪郭線で街なかのカフェとその客、周りの通行人がさまざまな風俗で描かれている。平坦でポップなイラストっぽい絵だと思った。私は好きではなかった。

——どうって。今はあの手の絵が多いね。

佐和子が明らかに感情を害した顔を見せたので、私は言いすぎたと悟った。

——この画家、二年前までここにいたのよ。ちょうど以前のあなたみたいにね。

その言い方には、今の私の返答にしっぺ返しをすると同時に、ある種の侮蔑が籠められているような気がして、こちらも憮然とした。

佐和子とはいつもこうして感情の行き違い、気持ちの摩擦が絶えなかった。ただ、あの頃の佐和子には、その白い艶やかで豊満な肢体の魅力があった。その魅力の前にいつも惹き寄せられていた。

目の前にいる佐和子は、その肌は太陽に焼かれて艶をなくし、乾いた表面にはしみが目立った。佐和子は突然、乾いた声を上げて笑った。そうすると、目じりや頬に深い溝が刻まれるので、私は思わず目を逸らした。

郵便はがき

料金受取人払郵便

102-8790

麹町支店承認

6747

差出有効期間
平成29年1月
9日まで

切手を貼らずに
お出しください

102

［受取人］
東京都千代田区
飯田橋２－７－４
株式会社 作品社
営業部読者係 行

【書籍ご購入お申し込み欄】

お問い合わせ　作品社営業部
TEL 03(3262)9753／FAX 03(3262)9757

小社へ直接ご注文の場合は、このはがきでお申し込み下さい。宅急便でご自宅までお届けいたします。送料は冊数に関係なく300円（ただしご購入の金額が1500円以上の場合は無料）、手数料は一律230円です。お申し込みから一週間前後で宅配いたします。書籍代金（税込）、送料、手数料は、お届け時にお支払い下さい。

書名	定価　　円	冊
書名	定価　　円	冊
書名	定価　　円	冊
お名前　　TEL　（　　）		
ご住所 〒		

フリガナ
お名前

男・女　　　　歳

ご住所
〒

Eメール
アドレス

ご職業

ご購入図書名

●本書をお求めになった書店名

●ご購読の新聞・雑誌名

●本書を何でお知りになりましたか。

イ　店頭で
ロ　友人・知人の推薦
ハ　広告をみて（　　　　　　　　）
ニ　書評・紹介記事をみて（　　　　　　　　）
ホ　その他（　　　　　　　　）

●本書についてのご感想をお聞かせください。

ご購入ありがとうございました。このカードによる皆様のご意見は、今後の出版の貴重な資料として生かしていきたいと存じます。また、ご記入いただいたご住所、Eメールアドレスに、小社の出版物のご案内をさしあげることがあります。上記以外の目的で、お客様の個人情報を使用することはありません。

——結局、自分の描いたイメージに捉われていただけだわ。裏切られて分るのね、絵も男も。

佐和子は大きく息をした。

——この男こそと思ったわ。何年続いたのかしら。三年？　けれど、駄目。同じことの繰り返しね。

同意を求められた気がして、私は返事に詰まった。佐和子の目が遠くを見るように焦点が合わなくなった。

急いで話題を変えたほうが得策だった。そして、まさしくそのことが、このソルヴェール荘に立ち寄った私の目的であった。

——亮子さんは三年前に亡くなったらしいね。

佐和子は機械的に頷くと、しばらく黙った。

——直ぐには話せないわ。伯母との間にはいろんなことがあり過ぎて……。でも、肝臓を悪くしていたことは確かなの。直接は心臓の発作だったけど。

——そうか。

私もしばらく黙った。

亮子の思い出話は、佐和子が言うようにすぐには口に出る類いのものではなかった。特に私と佐和子にとってそうだった。

急に佐和子がこちらを向いて、真っ直ぐに見つめる。

——ねえ、今日はここに泊まっていきなさいよ。夏休みも終わって今の時期、客も少ないし、部屋は空いているのよ。

私はつい頷いていた。

差し当たっての用事はなかった。妻の康子には展覧会の様子次第では、数日宿泊するかもしれないと前もって言ってあった。「あなたの若い頃過ごした土地ですものね。会いたい人もいるんじゃない?」そう気を利かせたつもりで康子は口にしたのだろうが、私はなぜだか落ち着かない思いがした。

佐和子は私が頷くのを確認すると、忙しそうに立ち上がった。私という不意の泊まり客に準備が要るのかもしれないと思い、つられて席を立った。

——お部屋に直ぐに案内したいけど、清掃がまだなの。しばらく川辺でも散策してきたら。ずいぶん変わって、洒落た遊歩道や喫茶店もできたわ。

——うん、そうらしいね、タクシーから見えた。

一瞬、佐和子は私の屈託に気付いたように、こちらを見た。

——もし、伯母の墓参りをするなら、了山寺よ。ほら鎮守の脇の坂道を山の方に少し登った。不思議な縁ねえ、澤田家の墓の直ぐ近くなのよ。

私は思わずその場に立ち尽くした。

佐和子はそのまま奥のレストランを横切ってガラスのドアを開き、裏庭に下りて行った。

4

門近くのガラス張りのカフェの前で、私はしばらく躊躇していた。かつて本館との間を仕切っていた、ピンクの蔓薔薇のパーゴラは今は見えなかった。

七年もいたのだ。ここにかつてあった作業小屋をアトリエにして、制作に打ち込んでいた。もちろん、ソルヴェール荘が多忙な時は私も皿を運んだり、飲み物を作ったりと、ボーイの仕事もした。ただで置いてもらっている上に、小遣い程度の給金を貰っていた。全く金はなかったけれど、まだ自分の才能を自負し、将来に賭ける夢もあった。

ぼんやり感慨にふけりながら立っていると、正面のガラスドアを透して店の中から何度もこちらに頭を振って合図する姿があった。節枝だった。

私は店の中に入った。

——よく、私と分ったね。

——だって、幸一さん、昔とあまり変わってないんですから。

そして、しばらくしげしげと私を見た。

——少し、お太りになったかしらね。

——節枝さんも変わってないね。

——あら、私のこと、おぼえてくれていてありがとう。

節枝は私と会って嬉しそうだった。あの頃五十歳を過ぎていたと思うが、もうすでに初老の小母さんという風情だったから、今とさほど変わって見えない。

——今夜はお泊りになるんで？

——そうだな。そうなると思うよ。

私は急に、かつての節枝の噂好きの習性を思い出していた。あまり、引き止められないうちに出掛けたほうがよさそうだった。もし亮子の墓参りに行くと言うと、訊ねもしないのにいろいろな話を持ち出されそうだった。

サキイ川の畔を歩いていた。ほんとうは節枝から前もって、ある程度情報を得ていたほうがよかったかもしれない。いきなり了山寺を訪ねるには、腰が引けていた。亮子の墓の傍に澤田家の墓があるという。

確か、澤田登世子が亡くなったのは二月の初めの頃だった。このサキイ町では陰鬱で肌を刺す北風の頃で、周囲は積もった雪の純白の景色であっただろう。私がソルヴェール荘から東京に出て、二ヶ月もした頃であったろうか。上京した折、一時世話になった友人から、気付で速達が届いたと知らせてきた。すでにその頃は友人のアパートは出て、別の場所で間借りしていた。亮子からの手紙だった。澤田登世子の事故死を知らせてきた。

夜、ソルヴェール荘からの帰りに、凍結したカーヴで車の運転を間違え、道脇のブナの大木にぶつかって、車が大破したという。登世子は車外に放り出され、気を失って極寒の中に横たわっていた。遅い帰宅を気遣った使用人の修作が見つけて病院に運んだが、夫の俊治が駆けつけた時にはもう息がなかった。「あの夜はお酒も飲んでいなかったし、登世子さんは用心深い運転だったので、不思議なことだと思います。あなたには登世子さんはずいぶん目を掛けてくれていたので、一応知らせておきます」そういう、紋切的な文言で終わっていたように覚えている。

今では澤田登世子のことを覚えている者もこのサキイ町では数少なくなったことだろう。二十数年も以前のことなのだ。享年四十二歳で子供も残さなかった。俊治はすぐに再婚したと聞いた。いまだに、あの頃のことを思い出すと、胸が潰れる思いがする。

5

澤田家は広大な手入れの行き届いた屋敷で、敷地の奥に続く竹林を抜けるとサキイ川に行き着いた。あの日は初めて登世子と二人で散歩をした日だった。澤田の家に呼ばれていた。ピアノの上にかける百号ほどの絵を頼まれていた。登世子はソルヴェール荘の展覧会やコンサートによく来てくれた。亮子にとって登世子は、サキイ町の有力なスポンサーの一人と言えた。そして周囲から見たら、私にとっても登世子はそういう存在であった。

しかし、登世子と二人でいると、そんな気持ちにさせられたことは絶えてなかった。いつもたった二人でこの世を抜けだし、別世界を彷徨しているような、不思議な浮遊感を感じていた。

川に沿って歩いている間、二人はほとんど言葉を交わさなかった。私の中で登世子に対して、透明で柔らかく暖かい、小さな輝く塊が生まれていて、少しでも口を利いたり余分な動きをしたりしたら、それは蜃気楼のように跡形もなく消え去ってしまいそうに思えた。少しずつ少しずつその重みと大きさが心の中で育っていくのを大切に感じながら、私は川沿いの道を、登世子と歩いていた。まるで、初恋の人に久しぶりに出会ったようだと自分でも幾分気恥ずかしく思いながら。

左手には水量豊かな川が大らかな風情を湛えて流れていた。水辺には柳が影を映し、川辺の土手にはクローバや土筆や蓬などの野草が群生していた。周囲の広々とした畑や所々に見えるリンゴ畑、桃畑の雄大さが風景を大きくしていた。やがて川向こうの左手一面に向日葵畑が広がり、思わず私は目を瞠った。

——向日葵、ここから見るとすごいですね。

——ええ、以前は桑畑だったそうよ。

登世子はぼんやりと答えた。

——今でも納戸の屋根裏に蚕部屋の跡があるわ。

そう言う登世子には、それまで感じたことがないようなどこか漠然とした儚さがあった。まるで知らない土地に流れ着いた家なき子のように、足元が揺らいだ不安定さだった。しかし、その目差しや容貌には、いつもの透明で知的な輝きが漂っていたので、私は安心した。

突き出た岩山を過ぎて、沼のように緊張して静まっている淵まで来て、二人は平らに突き出ている岩の上に座った。先程から抱え続けていた暖かく輝くものが胸一杯に溢れてくるのを感じた。何か登世子に伝えたい、それが何かはわからないが、彼女に伝えるものがあるように思った。しかし言葉は出てこなかった。登世子が口を切った。

——こうしてこの岩の上に座ってるとね、心が不思議と落ち着いてなんだか身も心も清められるようだわ。そうして清涼で豊かな新しい力が少しずつ少しずつ身内から沸いてくるのを感じる。とても静かでいい気持ちなの。何だかこの世でたった一人、自分一人取り残されて、そうしてこうしてこの深い青々とした樹々の緑がひたひたと私の上に降りかかる。私はその緑の中に溶けて、この凛とした人を寄せつけない佇まいの水といつの間にか一つになっている。魂を吸い取られるというのではなくて、一人でいても少しも怖くないんだわ、こうしていると……。

日頃無口な登世子だったが、一旦話し出すと熱を帯びて、言葉がとめどなく溢れ出た。私はその時、登世子と心が通じ合えたと思った。こうして二人、互いに寄る辺ない不確かさを見つめ合っている。

登世子の横顔には冷たい氷のような厳しさが時折過ぎった。それは一人で抱えている何かの影なのだろうと私は思った。

——この川は冬には凍りますね。

——ええ、厚い氷が張るわ。

登世子は少し水面に顔を近づけて目を凝らしていた。

この川で氷が割れて落ちて死んだ男がいると言う。ずいぶん昔のことだろう。今では誰も氷の上を渡らない。

盆地のせいか、冬の寒さは格別だった。真冬は川岸から見ると、いくらでも川向こうに渡れそうな見渡す限りの氷原だった。澤田の屋敷からソルヴェール荘のある山麓の町に行くには、昔のサキイ橋を渡るより氷の上を行く方がずっと近道だった。しかし少し上流に橋ができ、車では直ぐの距離になった。今では誰も川を渡らない、そう登世子は言って静かに笑った。

6

私は今一人、澤田家とは対岸の川辺に置かれたベンチに座っている。護岸工事で岸辺にはブロックの擁壁ができ、あの頃のように蓬やクローバやその他、溢れるばかりの雑草で覆われた土手はなかった。もう少し上流まで遡ると、そこには草原があった。かつて皆でピクニックに行った。今、グリーンの表示板に示された地図は、その方向にキャンプ場があることを知らせている。車窓から見た船着場は、キャンプ場の手前に隣接するように設えてある。

水量豊富で緩やかなサキイ川の水辺には、高地のせいかまだ夏だというのに木陰を涼やかな風が取り抜けて、あまり汗もかかない。しかし、日差しは目を射るように眩しかった。空気が澄んでいるせいだろう。護岸の擁壁の上の盛土に、かすかにクローバの茂みを見つけた。私はベンチから降りてその野草の間に座った。そうして水際に茂る葦の風にざわめく音、さらさらと岸辺を洗う水の音を聞いていた。辺りの和やかで眠ったような風景が、何かに目覚めたように心の奥底で震えた。

向こうから、登世子が日傘を差して歩いてくる。珍しく和装だった。その白い足袋の動きを目で追っていて、軽い眩暈を覚えた。登世子はこちらに気付かないかのように、そのまま通り過ぎた。しばらく呆然と日傘の後姿を見送っていたが、気を取り直して草の上に座り直した。折から微風が渡ってきて、川面に細かい襞を作りながら向こう岸へと届いていった。同時に柳がその繊細な枝を震わせて、微かな叫びをあげた。緑の繁茂した草原の向こうに、耕作地の平野が広がっている。遠くの丘の斜面に黒々とした針葉樹の森が続いていた。私は絵が描けると思った。

別の日、雨になって帰ろうとした時に川上の方から来る登世子の姿に思わず足が止まった。遠目にも紺地のドレスの裾が乱れているようで、白い膝頭が靄の中にうっすらと浮かんでいる。何故だか、そのまま顔を合わせたくなかった。木陰に隠れて近づく登世子を見るとドレスの裾は濡れて、手足と頬に泥がついていた。素足で白いサンダルを片手に提げていた。まるで川の中へ滑ったようだと思った。

登世子は鋭くこちらを見つけたと感じた。しかし、一言も口は利かず素足のまま先に立って歩いていく。私はそんな登世子から離れられなかった。後ろからついて歩きながら、登世子の白い爬虫類のように夕靄の中で蠢く両の素足の、目にも鮮やかな白い、くねるような動きを追った。そうして眩暈と吐き気を覚えた。その白い波動は何か不吉なことの前触れのように思えた。どうか、どうか、落ち着いて下さい、私は無言のうちにその動きをやめない両の素足に向かって祈っていた。その時ほど登世子を近くに感じたことはなかった。

あの時に、むしろ登世子から離れるべきであったろう。しかし、私は彼女を自分の一部分として感じたいと思った。いや、正直に言うと、彼女への渇望と憧憬を利用して絵を描いていたといえる。手の届かない神秘的で、それでいて全身が痺れるような触覚的な皮膚感覚。遠さと近さが交じり合った眩暈の渦に登世子の存在は包まれていた。

ある日、登世子は川辺に座って水の流れを見ていた。私はそんな登世子を素早くスケッチしていた。登世子が気付いていたかどうかは分らない。

突然顔を上げた。

――いつか、父に言われたことがあったわ。お前は傲慢だよ。いつかその報いが来るよって。

一度父が肺炎で危篤だと、東京の実家に呼び戻された時のことだ。

——父が言わんとすることは直ぐ分ったわ。

そして同意を求めるように私を見た。私は何も答えられなかった。しかし、しばらくしてこう言った。

——僕も時々、傲慢かもしれないと思う時があります。

——時々？

——ええ、この頃は特にそうです。僕の友人の作曲家がいつかこう言ったことがあります。時々、ふっとどこからか素晴らしい曲想が浮かんで来る時、俺は天才じゃないかなあと思うよって。何処からとは分からない。彼方からとしか言えない、そんな時。そう彼から聞いた時は、僕には判らなかった。なんて傲慢だろう、自分を天才だと言えるなんて、とその時は思ったんです。

——でも、今は違うのね。

——そう、時々あります。自分が描いているとは思わない。自分の身体に天からの羅針盤、受信装置が備わっていて、無意識にその力に導かれて筆を動かしている、そんな感覚なんです。だから、自分ではなく宇宙の何処からかの電波で描いている、それを人は天の采配というかもしれない、そういう気持ちがあるんです。

——ええ、わかるわ。

登世子は呟いた。

それ以上は言わなかったし、言えなかった。作曲家の友人の話を聞いた時は、なんと正直な男だと感心した。まだ、そうして無邪気に言えるほうが羨ましい。それを誰かに言えば天罰を受ける、そういう予感がするのだ。

そう思っている時の自分の身体はいつのまにか宙に浮いていて、地上から誰か脚を引っ張っていてくれないと、天に持っていかれそうだった。そういうことを言うこと自体が不遜なことで、もし口に出したら、その時は天罰で自分の身体はイカロスのように、太陽の炎で焼かれてしまうだろう。そんな恐怖があって、誰にも言えない秘密だった。しかし登世子には言ってしまった。それはもっと自分の深いところに巣食っている傲慢さなのかもしれない。

——父は言ったわ、お前は気をつけなければなあ。長生きできないよって。ほとんど会わない父だったけど、互いにすぐに露呈する回路が通じていたかもしれない。

そんな言葉を、長らく会わなかった娘にかける父親もあったものではないだろう、そう背筋の寒くなる思いだったが、やはりどこか的を射ているとも思った。

あれは冬の一日、ソルヴェール荘でのスケート場だった。

——スケートが好きだったわ。小さい頃、父に連れられて通ったわ。フィギュアを習ったこともある。

そう言って、登世子はその場でくるくると回転した。その時の登世子は純白のアノラックとパンタロン、そしてスケート靴も白かった。その若々しい姿に驚いて、私は見惚れていた。登世子の氷の上の回転は見る見る速度を上げて、まるでそのまま宙に滑空していくような勢いだった。

登世子が氷の上で転倒した時、カチーンという金属的な音が離れている私にも聞こえた。後ろ向きに後頭部を打撲したらしい。慌てて近寄っていくと、登世子は氷の上に尻餅をついて両膝を両手で抱えたまま、しばらく動かない。

——念のために医者に見て貰った方がいいですよ、頭だから。

登世子はしばらく意味が分からないようにこちらを見ていた。

——何だったのかしら。何かに乗り上げたような衝撃があったのよ。

私は辺りの氷面を手で撫でるように確かめたが、滑らかな光の反射があるだけだった。

登世子は一安心したようだったが、それでも不審気に首を傾げている。

——何か水の底から出てきたんじゃないですか。

私は緊張をほぐそうと、場違いなことを言った。

——でも、この下はただの野原だな。

登世子の不安を鎮めようと、私はすぐに言い直した。

登世子が何か異常を感じたことは確かだった。そうでなくては子供の頃から馴染んでいるというアイス・スケートで、あんなに簡単に後ろ向きに転倒するわけは無い。

——私、霊感が強いの。

その時、登世子は答えた。

7

川沿いの道から町道に入り、了山寺へ向かった。町道の路傍には緑の大木が続き、葛などの蔓性の植物が繁茂している。歩きながらそれとなく、登世子がかつてカーヴで路肩のブナの木に激突したという場所を探した。私の記憶では確か、川辺の道が町道と交わった後、その町道を左手にしばらくソルヴェール荘のある山麓の方へ行くと、道は大きく迂回している。そこだろうと見当を付けていた。そのカーヴの道端には何事もなかったかのように、ブナの大木が緑豊かな葉群れを湛えて、空に真っ直ぐに伸びている。私は思わず立ち止まって、両手を合わせた。

あの頃、私はしばしば登世子と二人で川べりを散策した。しかし、私と登世子の関係は誰の口にも登らなかった。それとも町の人とは接点の少なかった自分には聞こえてこなかったのか。しかし、登世子との関係といっても、それがどういうものか、自分自身でもいまだに明確な定義が出来ない以上、傍からあれこれ詮索できる類いのものではなかったかもしれない。

登世子の不慮の事故死が、何か謎めいた不気味さを周囲に漂わせたことで、人々は冥界の彼方に葬り去った霊魂がこの世に戻ってくることを怖れたかのように、もうその名を口にしないのかもしれない。いや、そう感じているのは自分一人で、いまや誰もかつて登世子という女がこの世に存在したということさえ思い出さないであろう。

しばらく町道を行くと、なだらかな丘の真ん中にこんもりと茂る緑の木立の丘があった。サキイ町の鎮守の杜だ。了山寺は鎮守の杜の緑の奥にある。檜に交じってクヌギや楢の雑木の大木が何本かあって、昔、クワガタやカブトムシを捕まえに行ったことを思い出した。

改めて見ると参道に並ぶ石灯籠や朱の鳥居の柱には、寄進者として澤田の銘が目立った。代々澤田家はこの鎮守の総代をしてきたのだろう。じっとりと肌を締め付ける年月を経た黴臭い匂いが辺りに充満している。この息苦しいほどの香りは周囲が常緑樹の檜で囲われているせいかもしれなかった。それでも炎天下の町道をしばらく歩いた後では、この薄暗さと湿った風は、一息入れる安らぎになった。

境内に足を踏み入れようとして、私は立ち止まった。誰かが石の上で動いている。よく見ると、若い娘だった。まだ二十歳前後に見えた。岩の上を舞台にして、同じ場所でくるくると旋回を繰り返している。その石の上には、かつて鎮守の祭礼で巫女に扮した娘が供物を捧げていたのを思い出した。

石舞台の表面が木漏れ日を受けて鏡のように銀色に輝いている。娘の緑色のスカートが円を描いて回る。回転するスカートの下で引き締まった両脚が小刻みに規則正しく動くのに見惚れた。機械仕掛けの歯車のようだ。やがて円舞ははたと止まった。

瞬間、登世子の氷上での回転が頭に浮かんだ。細い華奢な身体付きや真っ直ぐに伸ばした黒い髪の姿が似ていた。しかし、登世子は純白の衣装で白い氷の上にいた。あの娘は緑滴る杜の中で、緑の精のように舞っていた。

私は急いで鎮守の杜を離れた。あれは幻影だ、私の連想が生んだ、どこか別の世界からの誘惑だ。何も見なかったことにしよう。

緑の陰影濃い山の坂道をさらに進んで、了山寺へ墓参りする気力はすでにくじけていた。これから一人で、登世子や亮子の墓に参るなどということはとても出来そうもなかった。しかも二人の墓は近接しているという。私はそのまま山道を降りた。

8

川沿いの道に戻ってしばらく行くと向日葵畑があった。先ほど、散策を始めた時から目に入っていた。しかし、直ぐにはその畑へは足が向かなかった。ソルヴェール荘への帰り道の今は、その畑を突っ切ると近道だった。午後の太陽が照り付ける中、一斉にその方角に照準を合わせた向日葵の群れは今の私には眩し過ぎた。これ見よがしに周囲に旺盛な生命力を見せつけている。それでいて、その花影には頂点を極めた力の凋落の兆しが見え隠れする。周りに人影はなかった。

あの時も同じだった。夏の太陽を浴びて一様に同じ方に顔を向け、個性のない表情をした黄色の盛り上がる波。二人で興に紛れて、丈の高い向日葵の間を迷路にして追いかけっこをした。捕まえて勢いで倒れ込んだ畑の土の上、肥料の匂いがした。蒼空を見上げながら男の前に紅潮した頬を見せて荒い息をしていた。登世子がそんな記憶をいつまで持っていたか、もう分らない。二人で共有した時間は私には残っているが、彼女の記憶はその死と共に永遠に消えてしまった。

「この向日葵畑を突っ切るとすぐに、ほらサキイ川だわ。昔はこの橋がなくって、冬には氷の上を渡ったそうよ」登世子が説明したことがある。川辺に小さい木の橋があった。ソルヴェール荘の前の草原を通って向日葵畑を横切り、その橋を渡ると澤田の家までは直ぐだった。私は澤田の家に行く時は、いつもこの畑の中の道を歩いた。先ほど確かめてみたが、昔の木橋のあった辺りには、今は黄花コスモスが群生していた。

けれど、登世子は私に何を求めていたのだろう。夫のおかげである程度の財力はあったが、亮子のように人を集め展覧会を開くような営業的感覚は全くなかった。ただ単に、私の絵を気に入ってくれたパトローヌというよりも、むしろ何か求めている別の世界があって、そこへ私を導きいれようとしていた。そして、私も彼女の世界へ入っていくことで、神秘的な感覚があった。ある霊感に導かれるという意識があった。二人で川辺を散策し、絵や音楽のことを語り合い、魂が溶け合うことで、私は身内に新しい制作のエネルギーが沸いてくるのを感じていた。

だから、登世子の申し出に私は一瞬戸惑った。彼女の中に、そのような欲望が渦巻いていることに私は気付かなかったというより、気付かない振りをしていた。

私は週一度、午後にF市の絵画教室へ教えに通う。その後で登世子の車でモーテルへ行く。そしてF市の駅前で別れる。いいんですかと問うような無言の私の視線に「とにかくやってみなくちゃ分らないわ」と登世子は言い切った。

その日、登世子は切り捨てるように言った。

――もう、いいわ。やめましょう。

登世子は急いで下着とスーツを着ると、ハンドバッグを持って先にドアに近づいた。車を出して、いつものモーテルを出る。F市の駅まで私を送っていくのだ。一緒にサキイ町には帰らない。

その日は登世子の欲望はますます過激さを持って私の身体を渇望しているようだった。だから、私は虚を突かれた。

――もう、いいんですね。

私は車の助手席で聞いた。

――ええ、ちょっと違っているわね。

そう言って、登世子は声を上げて笑った。

幻影だったと思っているのだろう。彼女が求めているのは親しさ、緊密さのようだった。それが身体の関係でもっと深まると思っていたのかもしれない。魂が溶け合うだけではやはり不完全だったのだ。身体の関係が出来、心身共に一つに分け難く結ばれることで、二人の関係は安寧なものになると。

しかし、数回の逢瀬で空虚な徒労に消耗する思いだった。登世子も思ったのだろう。何か歯車が逆回転し始めたのを感じていた。

向日葵畑に、麦わら帽子の小柄な老人の姿が見えた。昔の記憶が蘇った。私は見つからないように姿を隠して、再び川辺の遊歩道へと逸れた。確かあの姿は、澤田家の管理人をしている修作だろう。ああして昔もよくその敷地を見回っていた。

先ほどから川辺で行き交ったのは犬を連れた中年の婦人と、首に手拭いを巻き早足で追い抜いていった半ズボン姿の初老の男だけだった。平日の午後のせいだろうか。

そろそろ修作もやり過ごしただろうから、ソルヴェール荘へ戻ろうかと考えて川辺をぶらついていた。上流の方から男が歩いて来た。グリーンの布地の帽子を被って、麻の縞柄のシャツとベージュのパンツを穿いた痩せぎすで背の高い男だ。私の前で急に立ち止まったので、思わずぎょっとした。

男は軽く頭を下げた。私と同年輩かと思えた。土地の者には見えなかった。

――ソルヴェール荘から出ていらっしゃいましたね。

男はいきなり聞いた。

――ああ、そうです。あなたもお泊りなんですか。

私は体勢を整えて切り返した。

——そうですね。

男はにやりと笑った。そして、一瞬私を探るように見た。

——今、向日葵畑の方からいらっしゃいましたね。この辺りに土地勘がおありのようで。

私も男をしばらく見た。私と同じような職業の匂いがした。しかし、画家ではないなと思った。いずれ、ソルヴェール荘でまた顔を合わせるだろうから、言葉を濁しても仕方がないと思った。

——ええ、昔、ここに住んでいたことがあるんですよ。

男は何か合点が言ったように頷いた。

——そうですか。後で、またソルヴェール荘でお会いしましょう。

男はそう言って、川下の方に歩いていった。

9

ソルヴェール荘に戻ると、ロビーの入り口で足が止まった。誰かがグランド・ピアノを弾いている。フォーレの舟歌だと分った。一瞬、佐和子の姿を思い浮かべた。ソプラノ歌手だったが、ピアノも得意で彼女の好きなレパートリーの一曲だった。よく見ると、緑色のワンピースを着て弾いているのは、先ほど鎮守の杜で踊っていた娘だった。幻影ではなかったらしい。

佐和子が厨房から出てきて、私に囁いた。

——澤田祥子ちゃん。澤田家の一人娘よ。来月、コンサートをしてもらうんで練習しているの。

私は呆然とした面持ちで頷くと、傍の長椅子に腰を降ろした。

——後で母親も来るわ。いろいろ打ち合わせもあるし。鈴子さんって言うの。彼女、私の親友なの。

私は機械的に相槌を打った。佐和子はまた慌しそうに厨房の方角へ消えた。

二十数年前の思い出に戻っていた私は、現実の時間の進行についていけないようだった。

この同じ長椅子だった。今はブルーの濃淡の模様が鮮やかに彩りを添えているが、かつてはベージュの布地だった。登世子と並んでこの同じ長椅子に座って、周囲の壁を見渡していた。あれは秋も深まった頃だった。ソルヴェール荘のホールで催される私の個展の準備中だった。登世子は絵の配置について、私にアドヴァイスをしていた。きっと亮子が聞けば、立ち入ったことと心証を悪くしただろう。

しかし、登世子の指摘は的確だった。ピアノの上にかけられた百五十号の絵を中心に、左右の壁に草原や山々や庭園を描いた横長の作品を置き、その間には人物画がまるでそれら周囲の背景をバックに佇んだり、寝転がったり、ダンスを踊ったりと動いているように配置した。正面入り口近くには水彩画の小品を並べた。ピアノの上の絵は直ぐに目に入る場所にあった。

——あの絵は力があるわ。

登世子は感嘆したように眺めていた。

その絵はさる展覧会に出品して特賞を受賞した。私の画歴で後にも先にも賞を受けたのはその時限りだった。サキイ川の川辺の風景を心象的に抽象化した作品だった。大作だから仕上げたのはアトリエでだったが、サキイ川の辺に何度も写生に行った。時折、登世子が散歩がてらを装って立ち寄った。登世子の、水の反映を受けてきらきら光る横顔が眩しかった。絵の中に登世子の目差しが宿っていた。

確かに充実した高揚感が、絵の中に透明で神秘的な浮遊感を醸しだしていた。あの年はずいぶん仕事をした。個展には並べなかったが、登世子から注文を受けて澤田の家に通って川辺の岩場を描いたし、まだ描いている途中の数枚の絵もあった。

その時分にはすでにホールの壁は、ほとんど私の絵が占領するようになっていたから、亮子はただ単に個展と銘打って、美術関係者や顧客にポスターやチラシ、DMを送って宣伝したかったのだろう。オープニング・パーティには五十人ほどが招かれていた。澤田夫妻も出席していた。特別記憶に残ったシーンもない。澤田俊治はあまり絵には興味がない様子だった。それとも私の絵に対してかもしれない。妻が評価している画家の個展だし、昔から知っている亮子の顔を立てたのかもしれない。その頃すでに澤田家に絵を描きに通っていたから、紹介は受けていた。恰幅のよいおっとりした物腰の紳士だった。

学生時代の友人も数人来てくれた。彼らが帰る時に玄関先で亮子が声を掛けた。

——あら、もうお帰り？　次は今野さんの立体をお願いするわ。

——よろしくお願いします。

今野は一応、亮子の好意に感謝して頭を下げた。

しかし、あまり期待していないことは分っていた。こんな田舎でやってもね、名のある批評家やマスコミはやってこないし、目の肥えたコレクターも来たことは無い。せいぜいが地元の小金持ちばかり、そう私の友人たちが考えていることは、彼らの態度の端々に現われていた。

大賞を受けた作品だったが、あの絵には買い手がつかなかった。いや、登世子が欲しがったが、亮子は頑として譲らなかった。「このピアノの上の壁に設えたみたいでしょう。一センチもここからは離せないわ」私は亮子から作品の代金は受け取れなかった。日頃、何かと世話になっている負い目があった。登世子はそれについては何も言わなかった。

それにしても、あのピアノの上の絵は何処へ行ったのだろうか。ソルヴェール荘の裏手の倉庫に、他の絵と一緒にしまわれているかもしれない。しまわれていればまだいい方で、亮子のいない今、すでに処分されてしまった可能性もある。

祥子という名の娘はピアノを弾き終えると、私を見て戸惑ったように頭を下げた。

——なかなかいい曲ですね。

私はすぐに言葉が見当たらなくて、おざなりな褒め方しかできなかった。ピアノ演奏の腕前は、素人の私から見てもそう際立っているとは思えなかった。

――ピアノが専門ですか。

祥子は幾分不満そうに頬を膨らませた。近くで見ると、色白で彫りの深い顔立ちをしている。

――ええ、F市の音大に通っています。もっとも来春は卒業しますけど。

佐和子がコーヒー茶碗を二つ運んできた。

――さあ、祥子ちゃん。コーヒーにしましょう。このおじさんのご相伴をちょっとしてね。彼、以前ここにいたことがあるの。画家なの。

祥子は屈託なく私の隣のスツールに座った。佐和子はまた直ぐに姿を消した。

――画家さんなんですか。どんな絵をお描きになるんです？

祥子は好奇心を露わにして私を正面から見つめた。私はその視線が眩しくて、目を逸らした。

――そうだな。少なくともあそこにあるような絵ではないな。

先ほどのこちらの批評に対して佐和子が示した不快そうな表情を思い出して、個人的な感想は避けたつもりだった。

――あんまり好きではないようですね、あの絵。

祥子が単刀直入に問うので、私は慌てた。

――いや、何。ただ、ああいう絵は描けない、それだけだ。

――ああいう絵って？

祥子がなおのこと食い下がるので、私は驚いた。何かあの画家との個人的な繋がりがあるのかもしれないと思い、私は話題を換えることにした。

――どんな音楽が好きなんです？

祥子はそれ以上拘泥せず、すぐに気を取り直してこちらの質問に答えた。素直に育った娘だと思った。ドビュッシーやフォーレの曲をよく弾くという。

――フランスの小説なんかもよく読むわ。

祥子が挙げた名は、私が知らない現代の作家だった。

――じゃあ、いずれフランスに留学したいですか。

祥子は驚いたように目を丸くした。

――あら、どうして？　ここが一番いいわ。

――そう、断定できるのかな。まだ若いのに。都会へ出てみたいと思わないの？

祥子は少し苛立ったように眉を寄せた。

——東京にお住まいですか？　でも、別にフランスに行かなくても、都会に行かなくてもいいんです。この広々とした草原、柳の影を映した豊かな水量の川辺、風のそよぎや空気の匂い、光りの陰影。ええ、それだけでいいの。

——なかなか詩人ですね。

私は祥子と呼ばれる娘に、ふっと登世子の面影を見た気がした。

そして、つい訊ねてみたい誘惑に駆られた。「お宅の客間のピアノの上に、サキイ川を描いた風景画が今でも掛かっていますか。そうだとしたら、それは私が描いたんです」

しかし、そんな話を唐突にしたら、目の前の、充足して幸せそうな娘を動揺させるに違いない。何の権利があって、澤田家の現状を混乱させるような過去の話をする必要があるのだろう。登世子のことはこの娘はどれほど知らされているか分らない。ましてや、あれから二十数年経過している今、このソルヴェール荘と同じように、私の絵は壁から外された可能性が高いであろう。

10

――もう、ソルヴェール荘は休みにして、川辺へピクニックに行きましょう。

亮子が宣言した。六月の晴れた日だった。

節枝がランチのバスケットを用意した。

――どうしましょうか。いっそのこと、若い人もいるからチキンの唐揚げとかハムやチーズで、あとはサンドイッチという献立で。

節枝の声は活気に満ちていた。こんなちょっとした遠出でも、変化の少ない田舎では楽しみだった。

――いいんじゃない。バスケットに詰めて、ほかに冷たい白ワインも用意してね。

亮子も若返ったように華やいでいた。

その頃ソルヴェール荘に通いだした、亮子の姪の佐和子が節枝を手伝った。亮子はソルヴェール荘恒例のサマー・パーティに、ソプラノ歌手である佐和子のコンサートを企画した。もう人前で歌ってもいいんじゃない、と亮子は言った。佐和子はリハーサルにしばしば訪れるようになった。時に店が多忙な時には、手伝いもした。

私はグリーンと白の格子模様になったピクニックシートを脇に抱えていた。登世子に付き添った修作が、重箱の風呂敷包みと飲み物の袋を提げていた。登世子は亮子と親しくなっていて、私が不在の時でもソルヴェール荘で二人で話しこんでいる姿が見られた。冷たい雪と氷に覆われた冬を過ぎて、登世子と二人きりで会うことはすでになかった。

川に沿って五百メートルほど遡ると、支流との分岐点があり、開けた草地が広がっていた。ソルヴェール荘でのパーティのような、閉じ込められた建物の中の仕事絡みの会ではなく、川沿いに草や木々の間を歩くのは気持ちがよかった。

私はほとんど皆のしんがりの位置を占めながらも、川面に映る光の反射に目を細め、木々の深い香りを嗅ぎ取っていた。

——なんだか、こうしてみなで一つの目標を目指して歩いていると、心が安らぐわ。

先ほどまで亮子と前を歩いていた登世子が、いつの間にか傍に来て囁いた。

——まるで一つの家族になったみたいですね。

私の言葉に、登世子は深く頷いた。去年までの二人だけでの散策とは全く違う、大らかで和やかな雰囲気があった。

「擬似家族」……心の中で呟いた。ソルヴェール荘にいていつも感じていることだった。束縛される窮屈もあったが、その反面一緒にいるだけで、ある安心感があった。こうして感じる不思議な懐かしさは何だろう。きっと亮子の醸しだす大きな暖かい力に包まれているからかもしれない。そして、登世子もその輪の中にいることで、私と新たな関係を結ぼうとしているようにも見えた。


――さあ、そっちは危ないわよ。

――手をつないであげる。

――いいお天気ねえ。

誰の声だろう。確かに聞いた。母の若い弾んだ声、それを支える低い父の声。二つの声に挟まって、片方ずつ手を引かれながら三人で歩いていた。春の川べりだった。だったと思う。遠くの菜の花畑の黄色い波が鮮明に記憶に残っている。他は何も分からない。ただ、高い青空に抜けるような母の声だった。

――ここでいいでしょう。

亮子が振り返る。

――そうね。日陰もあるし、草もちょうどいい具合ね。

誰かが答えた。

私がグリーンと白のシートを敷く。その上に佐和子と節枝が、運んできたランチや飲み物の袋をてんでに降ろして並べ始めた。登世子はやはり冷たいワインと重箱一杯の巻き寿司を用意していた。

――いいお天気。少し暑いけど。

――これくらいはましな方ですよ。まだ今日は湿気が少ないから。

――柳がきれいですね。

てんでに何か言いながら、皆シートに座った。確かに木陰にいると、時折通り抜ける風に、これまで歩いてきて汗ばんでいた肌がさっと洗われるようだった。

ビールやワインやウーロン茶をプラスティックのコップに注いで、なんとなく乾杯して飲み始めた。

お腹が空いたと感じた。久しぶりのことだった。大気の広がりのせいかもしれなかった。

別に昼間に飲むワインが利き過ぎたとも思わなかった。ただ、ふんわりとした暖かい雲に乗っかって皆を見回しているような、ゆったりと穏やかな気持ちだった。

きっとこうやって、欲望が薄れていくのだろう。性欲も独占欲も嫉妬も薄れて、ただ食欲だけが残る。それは、獣にも劣ることかもしれない。性欲を失った野生動物なんて、考えられないし、もう動物でもないんだ。この木陰を作っている柳にもなれない。足元の一本のクローバほどの存在でさえない。つまり、もう生きていても仕方がないこと。全くの無に近づいているということ……。その頃、私は絵が描けなくなっていた。

亮子は立ち上がって水辺まで歩いていく。

――子供の頃はよくこの川で泳いだわ。いまでは遊泳禁止。上流にダムが出来て時々放流するのね。それにあちらこちらに深みがあって、馴れないと嵌まってしまって出て来られない。

――水浴びくらいは平気でしょうよ。

佐和子がサンドイッチの耳を齧りながら言う。

――入ってみる?

私を誘うので、二人で靴を脱いで、岸辺から膝下まで水に入る。六月なのに、雪解け水のような冷たさに、同時に悲鳴を上げた。佐和子がちょっとよろめいたので、私はその肩を支えた。二人で抱き合うような格好になった。

——まあ、あの二人を見てみてよ。

亮子は天真爛漫に声を上げて笑った。

登世子は固い横顔を見せただけだった。

こうして、気ままに格子縞のビニールシートの上に座って川を見たり、背後の熊笹の茂みから飛び出すスズメの鳴き声を聞いたり、川向こうの雑木林が風で同じ方向に靡くさまを眺めたり、寝転がって空を流れる綿雲の動きに身を任せたり。それでもしっかりとサンドイッチに手を伸ばし、白ワインを珍しく一気飲みしたり……。そうこうしながら、他愛もない会話で声を上げて笑ったり。みんな日頃、そんなに仲が良かったのだろうか?

それから程なく佐和子と付き合い始めた。登世子に頼まれた絵は前年のうちに描き終えて、渡してあった。澤田の家を訪れることもなかった。

11

帰り支度をして祥子は私に挨拶すると、玄関ホールに向かった。そこで立ち止まって、誰かと話していた。先ほど川辺で会った男だ。私に気付いて男は軽く手を挙げた。

節枝が私のボストンバッグを手に持って、受付カウンターの奥から出てきた。

――遅くなりました。お部屋に案内しますから。

私は節枝の手から自分の荷物を取って後に続いた。節枝は階段を登るのにも息切れして、大変そうだった。振り返ると祥子と男の姿は消えていた。遠くで車の発進する音がした。

部屋は南東の角部屋で、一番眺めのいい場所だった。ソルヴェール荘は小高い丘に登る入り口に位置していて、サキイ川まで緩やかな斜面が続いている。向日葵畑の鮮烈な色彩が目に鮮やかだった。川向こうに澤田家のオーク色の土塀が木々の間から見えた。以前はこの敷地前面には広大な空き地があって、冬には柵を立て、氷を張ってアイス・スケート場を開いていた。

――もう、キャンプ場もアイス・スケート場もやっていないんだね。

――そう、すっかり佐和子さんの園芸場ですよ。でも、そのうちに変わりますよ。葡萄を植えるそうですから。

――葡萄？

――ええ、もうそっちに力を移すそうですよ。ほら、あの向日葵畑、あそこも葡萄畑にするそうです。

私は向日葵畑を見回っていたらしい、麦藁帽子の老人の姿を思い出した。

――ああ、そういえば、さっき散歩している時に向日葵畑にいた人、確か澤田家の人だったと思うんだけど……。

――そうですよ、修作爺さん。もう七十半ばになるんでしょう。年と共にますます無愛想で、でもよく働いていますよ。

私はこの際、話し好きな節枝の性格を利用して、いろいろ情報を得ようと思った。節枝自身も日本茶の準備をしながら、さも話したそうにしている。

――さっき階下で、澤田祥子さんってピアニスト、佐和子さんに紹介されたけど、もちろん澤田家の娘だよね。

——そうですよ、一人娘ですよ。あの後、後妻さんが来ました。幸一さんがいなくなってから、さほど経たないうちにですよ。

節枝は「あの後」と言葉を濁して「登世子が死んだ後」とは言わなかった。私は登世子の事故死の二月前に、この町を離れていた。

——その後妻さんって、どういう人です？

節枝はお茶を注いでいた急須の手を止めて、驚いたようにこちらを見た。

——幸一さんは知らなかったんですか。てっきり分っていると思ってましたよ。鈴子さんって言います。ほら、あの佐和子さんが歌った夏のコンサートでピアノ伴奏をした人ですよ。佐和子さんの友達で、以前から澤田家にピアノを教えに通ってたそうですよ。

——そうか。知らなかったな。

当時、登世子はそのことでは何も言わなかった。私が不意を突かれたように黙り込んでしまったので、節枝は戸口へ戻って行った。

——その鈴子さん、今夜来るそうですよ。さっき電話が掛かってきて佐和子さんが約束してましたから。別に今晩に限らず、このところしょっちゅう見えてます。特に旦那様が亡くなってからはね。

そして振り向きざま、声を押し殺して言った。

——私が言ったこと、聞かなかったことにしてくださいね。佐和子さんの電話、盗み聞きしているみたいですから。

私は苦笑しながら頷いた。

昔と変わっていない。確かあの頃も、この手の類いの念の押され方をしたことを思い出した。具体的にどのような情報が節枝の口からもたらされたのか、もう忘れてしまった。はっきり思い出せないということはさほど重要なことではなかったのかもしれない。あの頃、どんな些細なことにも神経を尖らせて、過剰反応をしていた。

節枝が登世子の名を口にしなかったことに気付いていた。登世子はすでに過去の人となり、わざわざ思い出したくもない出来事を、暗闇の奥から引き摺りだすまでもないと思ったのだろう。もう平穏な時間の堆積がすべてを蔽い隠し、すでに登世子はこの世から消滅した、忘れ去られた存在なのかもしれない。二十数年前のことなどだれも覚えていないだろう。

その夏に、佐和子のコンサートがあって、佐和子は歌う曲をリハーサルしていた。友人のピアニストにも紹介されたが、詳しい容貌や名前は忘れてしまった。小柄で地味な、取り立てて特徴のない女としか思い出せない。それとも、あの頃の目を瞠るばかりの豊満な佐和子の肉体と、それを楽器にして響かせる艶やかな声に圧倒されて、ピアニストは影に隠れてしまったかもしれない。

ソルヴェール荘でのコンサートは私の個展の時とほぼ同じ顔ぶれで、総勢五十人ほどの観客が集まった。佐和子はフォーレやドビュッシーの歌曲を歌い、合間にピアニストが交替してサティやプーランクの軽いピアノ曲を弾いた。銀色のシルク・サテンのドレスに白いレースのショールを羽織って盛装した登世子は、ひときわそのあでやかさと品格が目立っていた。その脇に麻のジャケットを着た俊治が座っている。佐和子は肩や胸元も露わなグリーンのデコルテ姿で登場した。

コンサートの後、ビュッフェ・スタイルの会食があった。佐和子はワイングラスを片手に中高年の男に取り囲まれ、満面に微笑を浮かべていた。俊治は私の絵にはあまり興味を示さなかったが、音楽は好きと見えて佐和子と盛んに談笑していた。

私は一人ぽつんとウーロン茶のグラスを片手に、壁際に立っているピアニストに近づいた。彼女は白いブラウスに黒のスカートという地味な服装で、髪型も化粧も音大生が大学のレッスンからそのまま抜け出してきたという様子だった。佐和子のこれ見よがしに素肌を露出している大柄で豊満なグリーンのドレス姿と比較すると、小柄で貧弱な体型だった。

――歌の伴奏は難しいですか。

ピアニストは話しかけられたことに驚いたように目を瞠った。そうすると、頬に血の気が差し、恥じらいが浮かんで、少女らしい面影が浮かんだ。

――そうですね、歌い手さんの呼吸を計らなければならないから。

私は頷いて、もう興味を失っていた。それを悟ったかのように女は元の無表情に代わった。そうすると急に年取って見えた。もう三十過ぎているのかな、私は離れながら思った。何時頃から登世子が足繁くソルヴェール荘に出入りするようになったのか、はっきりしない。亮子は話好きでその周囲に始終誰かがいた。しかし、その傍に初めて登世子の姿を見た時は、それまで人と接するのが苦手なタイプと思っていたので、私は幾分驚いた。そのうちに私も一緒に酒を飲んだり、練習を終えた佐和子も加わったりした。ピアニストは直ぐにいつも帰っていった。少なくとも佐和子のコンサートの頃には登世子はもう常連の一人だった。

登世子は傍から見たところ、にこやかに亮子と談笑して、よきスポンサーの一人という雰囲気で、佐和子や時々訪れる私の絵描き仲間の若い男に囲まれて、こうした雰囲気が彼女に合うようになっているのに驚いた。どこか艶やかで開放的で、それまでの凛とした冷たい凝縮したような佇まいとは異なっていた。別世界の神秘的で謎めいたオーラを放つ登世子ではなく、時折肉感的な欲望がその目を過ぎるので、慌てて私は目を背けるほどだった。登世子はかなり酒が飲めるようになっていた。

私は次第に絵の制作時間が減っていた。前年の夏はあれほど輝いて、光り溢れる絵が次々に生まれたのに、今ではほとんど絵筆が持てなくなっていた。

——今はしばらく休んでもいいんじゃない。あれだけの大作を仕上げて、個展もやって、それに大きな賞まで貰ったんだから。

亮子は言う。

——骨休めにどこか旅行でもしたら。それとも実家に帰ってみる?

亮子は私の消耗した様子に、気分転換が必要だと思っていた。私はソルヴェール荘を留守にすることが増えた。佐和子のアパートにいたが、亮子には隠していた。

——亮子伯母には気付かれないようにしてよ。あの人、あなたのことになると女になるからね。

佐和子のアパートから帰る時にいつも釘を刺された。佐和子はソルヴェール荘をいずれ継いで欲しいと亮子に告げられたばかりだった。佐和子自身はソルヴェール荘に執心しているわけではないが、亮子の気持ちに対して裏切りたくない、「いい姪の振りをしていたいのよ」と言った。

亮子は女と付き合うには私には金がないと思っていた。しかし、その頃私には金があったのだ。登世子からかなりの絵の代金を受け取っていた。佐和子にはその話はした。その金で二人のアパートを借りたからだ。それでも佐和子は亮子のことしか気に掛けていなかった。登世子はただの贔屓にしてくれる客の一人だという認識しかなかった。彼女の存在は二人の間で特別な話題にはならなかった。

前年の春から秋にかけての、大作を量産したエネルギーは残っていなかった。登世子との関係は行き詰っていた。一時的に密接な関係はあったが、その関係がお互いに危険な爆発の火種を隠し持っていることを認識していた。登世子はもっと別の関係があるはずだと言ったし、私もそう思ったが、具体的にはどうすればいいのか分らず、今は二人とも離れて互いの出方を窺っているという情況だった。

ある日、レストランのテーブルで亮子が真剣な表情で登世子と話しこんでいた。私が近づくと、直ぐに止めてしまった。何か不穏な空気があった。

数日後、突然亮子が言った。

――ここを出て行ってちょうだい。

私は驚いたが、予感もあった。私のアトリエが何か探しものでもした跡のように、置いてあったイーゼルや画材の位置が微妙に異なっていた。私はその点、几帳面だったから直ぐ分った。節枝が何か気付いたのかもしれなかった。

――理由は分るでしょう。行き先は決まってるわよね。

その経緯を聞いて佐和子はやっぱりね、と言った。

――黙って付き合っていたから許さないって言うけど、ちゃんともっと早く言ってても、同じことだったと思うわ。

私も頷いた。

あの夏から冬の時間は前後の繋がりが希薄になっている。亮子と佐和子の間に、互いの感情の縺れや利害関係の軋轢が些細な事件の積み重ねとなって続いた。私はその間に立って振り回された。表面的には伯母と唯一の血族である佐和子との、財産と男を巡る争いに見えたであろう。子供のいない亮子にとって、ソルヴェール荘の後を託すのは佐和子しかいなかった。それなら、私と佐和子の関係を認めて、正式に跡継ぎにすればいい、そう世間は考えた。節枝もそう言った。しかし亮子は私を追い出す方法を選んだ。私は彼女の愛人でも夫でもないし、年齢も三十歳以上の開きがあった。亮子は私に正面切って、裏切られたとは言えない。だから余計、私に対して屈折した気持ちがあったのかもしれない。

そんな中で登世子は、亮子の相談役として遠巻きに騒動の陰にいた。私と登世子のことは亮子の念頭にはなかった。亮子にとって登世子は、サキイ町の旧家の奥様として優雅で安穏な生活を送っていた。だから、私なぞを相手にするとは思わなかった。亮子は一生独身を通した女として、男女関係に一つの固定観念があった。夫のいる女は自分と同じ立場では測れなかった。若い独身の身内である佐和子が、自分を脅かす存在として始終念頭にあったのかもしれない。

今ではあの頃のことは朦朧として、細かい具体的なことは何一つ覚えていないし、また思い出したくもない。しかし、記憶のフラッシュ・バックが時折、一つの刹那の映像として現われる。調子の外れたオルゴールの歯車が時々思い出したように規則正しく動き出す。そこに映し出されるのは、いつも登世子の面影だった。

12

小一時間ほど経って階下に降りて行った。久しぶりで昔の思い出に浸った後、シャワーを使ってベッドでうたたねをしていたのだ。

佐和子がもう直ぐ夕食だと言って、カナッペと白ワインを運んできた。

――ちょっと飲んでみて。この辺りの葡萄を使って近くのワイナリーで作っているの。

洒落た葡萄畑の絵がラベルに描いてあった。

口に含むと、爽やかな香りが広がった。

――けっこう、いけるね。

佐和子は嬉しそうに頷いた。

――そう、よかったわ。この辺り、葡萄園が増えたのよ。

――そうらしいね。ワイン工場らしい建物も見えたね。

――そうなのよ。ここからF市にかけての丘の斜面にずいぶんと葡萄を植えるようになったわ。以前は桑畑でずっと放置されてたんだけど。

――活気づくのはいいことだね。

佐和子は頷いて、それから急に思いついたように言った。

――先日、ヒラバルの辺りに行ったのよ。ちょっと昔のアパートを探してみたけど、もうなかったわ。そうでしょうね、あれから二十年以上経つんですものね。あの辺りも高速のインターチェンジができて、F市郊外の住宅地になっていたわ。マンションが増えてね。

そう言ってすぐに厨房へ戻って行った。


――ああ、ここだったのね。

登世子はアパートのベルを押して、玄関先に立っていた。枯葉色のワンピースを着てベージュのスカーフで髪を包んでいた。佐和子は仕事に行って留守だった。

――ちょっと出られる？

私も佐和子と一緒のアパートに登世子を入れるようなことはしたくなかったので、直ぐにジャンパーを羽織って外へ出た。

――亮子さんがあなたの代わりの人を決めたって言ってたわ。

車のハンドルを握りながら言う。

――ええ、前に個展した今野が私の代わりに入りたいと言っていた。

――環境を変えるのはいいかもしれない。

――そうですね。

私たちはあまり多く話さなかった。登世子はヒラバルの町を出て、収穫の終わった農道をゆっくり運転する。辺りに人影はなかった。

――数日、東京の実家に帰っていたの。

いきなり、登世子が言い出した。

――東京で、出直すのもいいかもよ。私も戻ろうかと思っているの。

私は驚いて登世子の横顔を見つめた。

スカーフの陰で、その表情は透明な冷たい光を放っていた。その中にはとても入って行けない気がした。こちらをその光で跳ね返す横顔に、口には出さないが、佐和子のことで傷つけられた彼女のプライドを感じた。

佐和子は向かいの席に座って、自分のグラスにワインを注いだ。

――やっぱり、了山寺には行かなかったでしょう。

私は頷いた。

――そうだと思うわ。亮子伯母も死んだ後は私のことは忘れてちょうだいって言ってたわ。ご法事とか、そういうの、大嫌いだったから。遺影も飾らないでって遺言だから、仏壇もないのよ。

――それでいいんじゃない？

――それでもね。店のことで何かしようと思ったら、まず伯母のことを思い出すわねえ。あの人だったらどうするだろうって。

私は思い切って聞いてみた。

――誰か相談する人はいないの？

佐和子はワイングラスを持ち上げて、一気に飲み干した。

――そうね。いるにはいるけど、全く当てにならない。一度は結婚したのよ。前の旦那と別れて十年以上になるわ。子供もいなかったし。今じゃ、かえって気楽ね。あなたは？

私は妻と中学生の娘がいると短く答えた。

佐和子はヒューと小さく口笛を吹いた。

――ちゃんとまともな市民の暮らしをしているじゃない。

私は何故だか恥じて、下を向いた。

――まあ、その日暮らしだけどねえ。妻も働いているし。

先ほど川辺で会った男はどこへ行ったのだろう。祥子と話していた。佐和子はしばらく黙ってグラスを見つめている。

――さっき、向日葵畑に行ったんだけど、昔、向こう岸へ渡る木の橋があったね。今はもうないの？

――木の橋？　そんなもの、あったっけ。少なくとも私がここへ来た時にはもうなかったわ。

佐和子はグラスのワインを一息に飲み干した。

――夕食は節枝さんの田舎料理でいいわね。今、コックさんは休暇中なのよ。客も少ないし。

佐和子と二人きりだと、気詰まりがあった。その気持ちを紛らわすように、ワインのボトルを手に取った。

――これから、この辺りもワインで町起こしかね。

――そうね。醸造の学校ができたのよ。私もそこへ通っているの。

――そう？

私はそれ以上、訊ねなかった。

礼儀上、もっと詳細に聞くべきかもしれないとは思ったが、幾分気が重かった。自分には関係のない世界のことで、そこで佐和子が何を試みようと関わりは持てない。いや、むしろ、佐和子の五十を過ぎても新しいことに挑戦しようというエネルギーが眩しくて、嫉妬していたのかもしれない。とにかく、今では現状を維持するだけで精一杯の自分の日常だった。

佐和子は私の無関心を素早く感じ取ったのか、それ以上何も言わずに黙ってまたワインを注いで飲んだ。

――ねえ、亮子伯母が変なことを言ってたわ。あの時、いっそのこと、あなたとの結婚を認めてれば良かったって。

――へええ、何時のことだい？

――亡くなる一月ほど前よ。いまさらでしょ。でもねえ、心残りだったのかしらね、そんなこと言うの。

――どうだろうね。

私の煮え切らない返事に急に憤ったのか、佐和子は音を立ててグラスをテーブルに置いた。

――そう、あなたはいつもそんな調子だった。あなたの方にその気がなかったのよ。伯母のせいじゃないわ。あなたは何かに気を取られていた。いつも上の空だった。絵だったらいいんだけど、違ったわね。絵は描けなくなっていた。何だったの、今となっては言ってもいいでしょう?

――そうだったっけ。もう忘れたよ。

佐和子はその黒目勝ちの目差しで私をねめつけるように見ていた。やがて、ふうっと溜息をついた。

――そうね、ほんとうに今更だわね。止めましょ、こんな話。

13

私の後、アトリエに入った今野は長続きしなかった。その後のソルヴェール荘のことは知らないし、知りたくもない。私が東京へ出て過ごした日々を思い出したくないのと同じだ。あの頃すでに六十歳を過ぎていた亮子は、それなりの気概と誇りをもって、ソルヴェール荘を護ってきたのだろう。そして、現在佐和子に無事継がせることが出来た。

晩年になって亮子が、私と佐和子の結びつきは最良の組み合わせであったと認識したところで、少なくともあの頃は認められない感情があった。

それだけだ。月日が過ぎて、残りの時間が少なくなった時に、選択肢を誤ったことを知ったのだろう。

しかし、ほんとうはそうではなかった。佐和子は分っていた。私との関係が長続きしないことを。やはり、人の気持ちのままに時間は流れ、それぞれにその時の選択をさせてきたのだろう。

あの頃は、すべての関係が絡み合ってがんじがらめになり、身動きが出来なくなっていた。もちろん、その一因は自分にあり、成り行きに任せるだけで、自分の進路一つ決められなかったことにある。

亮子は直ぐにでも私に出て行くように言いながら、次の日には翻意して引止めに掛かった。登世子はしばしばソルヴェール荘に立ち寄っていた。私の姿をたまたま見かけると、二人はしばらくこちらを眺めた。亮子と話していた時の物分りのいい穏やかな登世子の雰囲気が、私を見た瞬間、一変するのが分った。その取り澄まして冷たい視線の奥には、抑えようのない憤りが見えた。

ある日、アトリエの前に登世子が立っていた。スケートに来たのかもしれなかった。白の毛糸の帽子と白いコートの下にはベージュのスラックスを身につけていた。

登世子は私を見て何も言わなかった。しかし、その目差しには問いかけるような強い光りがあった。私は何か答えなければならなかった。いつも自問していた登世子の言葉があった。「私も実家に戻ろうかと思っている」そう、言った。私と一緒にという意味合いが言外にあることは疑いようもなかった。

私はその目差しに押されるようにして、つい口走っていた。

——そんなに期待しないで下さい。ぼくはそんな、大したもんではないです。

いきなり、登世子に平手打ちを食わされた。後にも先にも、女に殴られたのは初めてだった。登世子は何も言わずに、車の方へ落ち着いた足取りで歩いて行った。

――あなたは来るのもいなくなるのも突然なのね。何の予告もなく。あの時もそうだったわ。

佐和子は相変わらずワインを飲んでいる。顔色も変えず、酔った素振りも見せない。かなり、酒が強くなったのだろう。あの頃は声に悪いからとほとんど口にしなかった。

私は急にソルヴェール荘を出ることに決めた。大学時代の東京の友人にとりあえず入れるアトリエを探してもらっていた。東京の大きな展覧会で受賞したこともあり、いずれ拠点を移すつもりはあった。しかし、その後、すっかり絵が描けなくなっていた。登世子の平手打ちに目が覚めたこともあったし、登世子が買ってくれた絵の代金もまだ手元に残っていた。

前もって、誰にも何も言わないし、相談もしなかった。実際、出て行くとなると誰とも悶着はなかった。結局、私がいなくなることが一番の解決だったのだろう。その時はそう思った。皆、自分が相手に賭けた情熱が愛おしくて執着する。未練を持つのも相手に寄せた自分の情熱に執着するからだ。相手を愛しているのではなく、自己愛の裏返しなのだ。相手に託した希望、将来の夢に固執しているが、それは自分の幻影の反映でしかない。

登世子はそう知っていた。別れの挨拶に澤田家へ行った時だ。川辺の散歩に誘われた。

――あなたが、選んだことだから、それでいいと思うわ。

登世子は無造作に答えて川辺を歩いた。

――何の色彩もなく、無表情ね、今は。

確かに両岸にはすでに雪が積もり、踏み固められた土手の上は滑りそうだった。

――今年もやはり、川は凍ってるわね。昔、人妻に会おうとこの川を渡っていて、氷に落ちて死んだ男がいたって、嘘みたいね。人目に付かないようにそうしたんでしょうけど。今じゃ、姦通罪なんてものもないから、大っぴらになった方が、かえって当人も決心がつくでしょうね。

私は答えようもなく黙っていた。

――東京は何処に住むの？

東京育ちの登世子にとって、自然な問いに私は口ごもった。

――とりあえずは友人の所に荷物も送って厄介になります。でも、その後は……。

登世子はしばらく私を見ていたが、急に叩きつけるように言った。

――住所は教えてくれなくっても結構よ。

――まだ決まっていないんです。

――だから、いいって言ってるでしょ。

登世子は苛立ったように眉を寄せた。

私はこの前の平手打ちを思い出して、一歩下がった。

登世子は自分もこの澤田の家を出たいと言っていた。その登世子の気持ちを拒絶したことになる。

自分が登世子を失望させたことは確かだったが、それを言うとまた火に油を注ぐようで、黙った。

――あなた、これからどんな絵を描くのかしら。

――そうですね。気分転換して、考えてみます。

登世子は振り返り、こちらを見据えた。

――あなた、これまでのような絵は描けないわ。

その視線の奥には、青白く凝縮された鋭利な輝きがあった。透明な氷の切っ先のように煌くその視線に射すくめられて、私は全身が硬直するのを感じた。気が遠くなっていきそうだった。

――あなた、もう絵は描けないわよ。

もう一度、その視線で私を見据えてその場に釘付けにすると、さっと滑るように凍った地面を渡って、裸木の間に消えた。それが登世子を見た最後だった。

14

レストランのテーブルには佐和子と節枝も並んだ。賄い料理だったが、私も一人よりは人数が多いほうが気が楽だった。あの頃は厨房の片隅のテーブルで食事をした。客がいない時はたまにこうして皆で食卓を囲んだ。先ほどの男はまだ姿を見せない。

——結局、私がここへ戻って来ることになったのね。

佐和子が口を切った。

——亡くなる一年前よ。

亮子は心臓を患っていて、今度発作が来たら危ないと言われていた。

——そうですよ。太って、煙草も止めないから何度も口出ししたんですがね。その度に亮子さん、言ってました。いいわよ、何時死んでも。十分に生きたわって。

節枝が言い添える。

――八十過ぎて病気してから、急に意欲がなくなりましたよ。ここを手放すつもりだって言ってました。

――急に呼び出されたんだわ。どうしてか今でも分からない。

――やっぱり、身内が一番なんじゃないですか。

――そう？

佐和子は今でも納得していない様子だった。それまで佐和子が何をしていたのか、節枝の面前で聞くことは躊躇われた。

――あの人、絶対に私の写真は飾らないで、仏壇もいらないって言ってね……。

――そうだとしても、やはり何か遺品ぐらい置いておかないと、寂しいですね。亮子さんがいた跡がすっかり消えてしまって。

節枝が横から口を挟んだ。

――いいのよ、それが伯母の遺言だったから。

佐和子は苛立ったように断定した。もう何度も二人の間で繰り返された遣り取りと分った。

——せめて、お墓は建てられたからよかったですねえ。

不本意そうな節枝はそう言い返して、こちらに向き直った。

野菜が盛り付けられた目の前の大皿を勧める。

——冷凍した山独活があったから、てんぷらにしましたよ。幸一さんは山菜やジュンサイが好きでしたよね。

——あら、よく覚えていたわね。

佐和子が幾分虚を突かれたように言った。

——二人で山菜採りに行ったの、覚えています？

節枝が山菜に詳しいことを思い出した。

——あのミズ、アイコ、それにシドケ、あの味は忘れられないね。

——よく名前まで覚えているのね。

佐和子が呆れたように見る。

——今度五月頃またいらっしゃいよ。いい穴場を見つけたから。

節枝が嬉しそうに言った。

——そうだね。

二十数年前、私が居なくなることを心から惜しんでくれたのは、今晩、せっせと私が好きそうな食材を選んで運んできてくれる節枝だったかもしれない。

私は急に思いついて、節枝にあの木の橋のことを聞いてみた。

——ああ、ありましたね。向こう岸に行くのにずいぶんと近道だったんですよね。春先の増水で流されちゃったんですよ、それっきり。もう十年以上も前になりますよ。あの春は、特に暖かくって、川の氷が一時に溶けたんですよ。もっとも、今は車社会で、あの橋を架け替えようという話は出ませんね。もともと、あれは澤田の家で作ったそうですよ。あの橋を渡って自分の畑に行くのにね。ここいら一帯は昔、澤田の地所でしたから。

——そうだったんですか。

初めて耳にすることだった。

節枝の話の間中、佐和子は時折壁の時計に目をやっていた。

——上村は何時ごろに帰ってくるって言ってた?

佐和子が小声で節枝に聞く。どうやら例の男は上村という名であるらしい。私の手前、我慢していたが、痺れを切らしたらしく、その急き込んだ早口に節枝は肩を竦めた。

——さあ、祥子さんの車だから、いつになりますやら。

——携帯も置いて行ったんだわ。

佐和子は考え事をしている。かつての亮子と同じだと思った。

あの頃はポケット・ベルだった。しつこく掛かってくる亮子の呼び出しに呆れて、私ももう持ち歩かなかった。大した用もなく、ただこちらの居場所を確認したいだけなのだと分っていた。確かに、当時はもうアトリエにはほとんどいなかった。絵を描きたくなかった。亮子は出て行けといった言葉とは裏腹に私を引きとめようとして、もう引き止める魅力が自分にもソルヴェール荘にも残っていないことを知っていた。

結局、私が一人で東京に行くと知って、かえって亮子は安堵したようだった。佐和子も同じ反応を示した。二人とも、むしろ厄介払いができると思っていたのかもしれない。これで、やれやれと肩の荷を降ろして一息つける。それでいて互いに勝ち負けはなかったのだ。

15

佐和子が節枝に声を掛けた。

――さ、あなたはもういいわよ。後はいいから休んで。

節枝は早々に食事を済ませると、立ち上がった。

少し足を引き摺りながら厨房に戻っていく節枝の後姿を、佐和子は見やった。

――あの人の時間、どうも伯母の時代で止まっているようね。いつも、あの頃はこうでしたとか、亮子さんはこうしてましたとか、お説教ばかり……。

節枝は厨房に消えた。私はむしろ、節枝にいて欲しかった。

例の男が帰ってきたらしい。玄関ホールの方角を向いていた佐和子が素早く認めて、こちらへ呼んだ。

――遅かったのね。食事は？

――うん、祥子ちゃんのお勧めの店に行ってきたから。

佐和子は不満そうに肩を竦めた。しかし直ぐにこちらを向き直した。

――紹介するわ。この人、上村和人さん。今、一緒に住んでいるの。こちらは影山幸一さん、昔ここにいた画家なの。

――そうですか。さっき、もう会いましたよね。

上村はしばらくまた私を見るので、不可解に思いながらも、こちらも見返していた。

――なーんだ、もう会ったことがあるの。

――さっき、ちょっとね。

上村はこちらに目配せした。私も頷き返した。

佐和子が上村に何か言いたそうな気配を感じて、私は立ち上がった。

――節枝さんとちょっと昔話でもしてくるよ。

佐和子は唇を歪めた。昔はこういう表情はなかったなと感じた。

――あんまり面白い話はないでしょう。私はすっかり忘れたわ。

さっきから言っていることと違うと思ったが、黙っていた。私との過去を上村に詮索されたくないのかなと思った。自分としても、あの頃の佐和子に関わることは節枝と話すつもりはなかった。

佐和子は壁の時計をまた見上げた。

――そろそろ八時ね。これからさっき言った澤田の鈴子さんが来るのよ。二人で出かける寄り合いがあるの。幸一さんは気にしなくっていいのよ。ゆっくり飲んでいて、せっかくだから。

それから急に思い出したように言った。

――あなた、たしか彼女に会ったことあるわよ。あの頃、私のピアニストをしていたの。さっき言ったっけ？

私は曖昧に頷いた。いつのまにか、また上村はいなくなった。

やがて現われた鈴子は小柄で色白のふっくりした顔立ちで、佐和子よりよほど若く見えた。佐和子の日に焼けた浅黒い顔には今は深い皺が刻まれている。よくみると、先ほどピアノを弾いていた祥子と、その肌の色艶が似ていた。祥子の彫りの深い目鼻立ちは俊治似かもしれない。

佐和子に紹介されて、鈴子は黙ってこちらを見つめた。

――あまりお変わりになっていないですね。

やがて鈴子は呟いた。

サキイ町で久しぶりに会う人毎にそう言われるので、少し考え込んでしまった。二十数年経っても変わらないなんて、まるであの頃に成長が留ってしまい、後は惰性で生きているみたいではないか。当時が私の人生でわずかな輝きの瞬間でもあったかのように。

佐和子は鈴子をレストランの一番離れた右奥へと連れて行った。そして、二人で顔をつき合わすようにして、小声で話しだした。二人は深刻そうな様子だった。かつて、私から離れて、亮子と登世子が秘かに話し合っている姿が脳裏に浮かんだ。

私はあまり見るのも失礼だと思い、テーブルの反対側に席を変えた。そうすると、二人には背を向けることになる。左に厨房を隔てるカウンターが見えた。節枝が出てきたので、日本酒のお燗を頼んで、椅子を勧めた。節枝の猪口にも酒を注いだ。

――もう、アイス・スケート場はやらないんだね。

私は話の接ぎ穂に、先ほど部屋に案内してくれた時に聞いた問いを繰り返していた。

――止めてからずいぶんになりますよ。あの冬までですよ。ほら、澤田の前の奥様がお亡くなりになった時。幸一さんはそのちょっと前に東京に出てましたね。

――そうか。

節枝は酒も入り、しばらく私と話して昔の感覚が戻ったのか、自分から登世子のことを話し出した。

――あの日も、スケートをなさって、でもお酒は召し上がりませんでした。時々亮子さんとお酒を召し上がって、遅くまでここに残っておいででした。ずいぶん、お酒も強くおなりで。亮子さんは、あの冬はどうにかスケート場は開いていましたが、翌年はもう止めにしました。客足も減っていたし。

全部、後から聞いただけですよ、誰も見たものはいませんから、修作さんを除いて。そう節枝は前置きしてあの夜のことを話し出した。

登世子は居眠り運転だったのか、ブレーキを踏んだ跡がなかった。町道のブナの木の幹にぶつかって、車は大破した。道路脇に投げ出された登世子は気を失ったのか、そのまま雪の上にしばらく放置されたままだった。事故で受けた傷よりもむしろ低体温症で亡くなったと、医者は診断した。

——帰りの遅いのを気遣った澤田家の修作さんが、探しに行って見つけたんです。

——でも、いくら二十数年前といっても、少しは車の往来はあって、もっと早く見つかってもよかっただろうにね。

——そうですね。その辺の事情は私も分りません。

私は一応疑問を口にしたが、それ以上その話に深入りしたくなかった。

あの頃は登世子に、まるでその呪いで石化させられたような恐怖を感じていた。彼女の呪力で絵を描く感覚が根こそぎに搾り取られた気がしていた。「あなた、もう絵は描けないわよ」、それが彼女の最後の言葉だった。その後まもなくして亡くなってしまったから、それは私に向けた、この世での彼女の最後通告ということになる。

　東京の友人のアパートは亮子に住所は知らせていたが、それから移った郊外の古い一軒家のことは友人以外に知らせていなかった。友人留めで亮子から手紙が届き、登世子の事故死を知らせてきた時、私は見入られたように、自分も自分の絵もこれで死んだと思った。何処へ行っても登世子の亡霊がつきまとい、自分を解放しないだろうと観念した。そう自分で思い込み、呪文に掛かったようにがんじがらめになっていた。

　しかし時間と共に、その恐怖も次第に一枚一枚とセロファン紙を剝がすように、霧のむこうへ消えて行った。登世子の存在に苦しめられた過去は、時折心を掠める記憶の断片に過ぎなくなった。月日の流れがかつての確執の上に堆積を重ね、登世子の面影は、亮子の記憶と共に郷愁の中に満たされるようになった。このサキイ町に再び戻ってくる気持ちになったのも、あの頃と距離を置いて、大きな懐かしさのうちに、登世子と亮子の死を心から悼むことができると予測していたからだ。そして、サキイ川の川辺をもう一度どうしても歩いてみたいと思った。

　しかし、そのような単なる感傷とも言える郷愁に比べ、周囲の二十数年の月日の流れは思いがけず速く過ぎ去っていた。佐和子も節枝も、登世子のことは忘れてこそいないが、もう完全に別の世界の出来事とみなしていた。現に節枝が登世子の死を伝える口振りには、好奇心を露わにした、テレビのレポーターが伝えるワイドショウの一つのような気安さがあった。それでいいのだろう。

——おや、幸一さん、どうしました？　顔色が悪いですよ。

節枝が徳利をこちらに勧めながら聞いた。

——いや、別に。あ、そうそう、今の話に出た修作さんが、昼間向日葵畑で会った爺さんだね。

私は話題を逸らそうと聞いた。

——そうですよ、修作さんですよ。でもね、幸一さん、どう思われます？　あの爺さん、あれ以来、前の奥様の毎月の命日には必ず了山寺に参ってるんですよ。まるで墓守のように。今の奥様は気味悪がっていますよ。旦那さんも亡くなったから、あの人、どうなんですかね。いつまでいるんですかね。

——でも、今でも修作さんがいろいろ管理してるんでしょう。

——ええ、そうですよ。でもあの向日葵畑も葡萄畑になるし。今の奥様が佐和子さんに貸すんですよ。今もその相談でしょ。

節枝は奥のテーブルの方へ顎をしゃくった。

——どんどん変わりますよ。私もどうしようかしらね。修作さんと同じで、もう過去の人ですかね。

——だって、今でもこのソルヴェール荘は節枝さんが必要じゃないですか。

——ソルヴェール荘があればですよ。でも佐和子さんはやる気がないんですよ。

——でも、現にあの壁の絵の画家もいたし、澤田のお嬢さんのピアノのコンサートもする予定だし。佐和子さんも若い人が好きで、昔の亮子さんと同じだと思ってたんだけど。

——だから問題なんですよ。いろいろありますからねえ。

後の方は小声で囁いた。奥では佐和子と鈴子の深刻そうな相談が続いている様子だった。

16

私の背後から佐和子が声を掛けた。

——幸一さん、よかったらこちらに来ない？　ちょっと聞きたいこともあるのよ。

——そうだね。

振り返ると、いつのまにか川辺で出会ったあの男が佐和子の傍にいた。私は返事をしたきり、腰を上げなかった。佐和子と彼の関係は分らない。あの頃の複雑な人間関係を思い出すだけで、疲労感が押し寄せてくる。

しかし、それでもここへ来た。

それは甘い郷愁に誘われただけであったかもしれない。今においても過去の話が目の前で繰り広げられると、かつての恐怖と窒息しそうな圧迫感が襲ってきた。それでいて、昔の生き残りの佐和子や節枝が、二十数年前についてはすでに曖昧な記憶しかなく、興味本位の関心しか払わないのを見聞きすると、なぜだか憤慨している自分がいた。私は、すっきりと割り切れない不安定な位置にいた。

——呼んでますよ、行かないでいいんですか。

節枝が気掛かりそうに訊ねた。

——いいよ、今日は客なんだから。

——それも、そうですね。

節枝は気持ち良さそうに声を上げて笑った。その反応から、佐和子がもうこちらのことは気にかけていないと分った。

節枝は再び声を低めて囁いた。

――まだあの頃は皆、節度がありましたよ。

――どうだか。

私のおざなりな返事に、節枝は仕方がないという風に両手を広げた。

節枝はしばらく迷っている様子だったが、早口に話し出した。

――あの傍にいる上村という男、澤田家のことをいろいろ聞き出そうとしてるんですよ。だから鈴子さんは迷惑している。あの男、取り入るのが上手でね、今では娘の祥子さんと親しいんですよ。

――でも、どうしてあの男、澤田の家のことに興味があるんだい？

私の質問に、節枝は驚いたように目を丸くした。

――佐和子さん、教えませんでしたか。そうですか。幸一さんにも関係があることなのにねえ。

私は不安な面持ちで頷いた。私と今更どんな係わり合いがあるというのだろう。

――どうせ、直ぐに分ることですからね。あの男、澤田の亡くなった奥様の弟さんと一緒に来たんですよ、数年前に。

——弟さん？

登世子に弟がいたことは初耳だった。もっとも、登世子が実家のことを話したのは数えるほどで、父親のことを聞いたことだけは記憶していた。

——ええ、鈴子さんが澤田の亡くなった旦那様の遺品を整理してたら、前の奥様の肖像画が出てきたんですよ。幸一さん、あなたが描いたんですね。

私はぼんやりと頷いた。三十号ほどの、戸外に座る登世子の上半身を描いた記憶がある。しかし、詳細な画面は忘れてしまった。

節枝は話し続ける。

鈴子は処分に困って修作にその絵を預けた。修作は前の奥様の実家に連絡した。肖像画が出てきたから、墓参りを兼ねて見に来ませんかと。鈴子には前もって相談しなかったらしい。

——でも、よく住所が分ったね。

——ええ、修作さんはちゃんと前の奥様のご実家の住所を控えていたんですね。ご実家ではご両親はもう亡くなって、独身の弟さんが一人いて、葬式の後、墓参りもしたことがないのを気にしていたようですから。

――それで、弟さんとあの上村という男がここへ来たんだね。

――ええ。鈴子さんは二人の登場に戸惑っていました。それはそうでしょう、ご主人も亡くなって、やれやれという時に、もう忘れてしまっていた、忘れたかった係累でしょうからね。前の奥様が亡くなって澤田の旦那様はすぐに再婚なさって、前の奥様のご実家とは縁が切れてたそうですから。鈴子さんは修作爺さんに怒ってました。


私は向日葵畑で会った修作をまた思い浮かべた。私は直ぐに姿を隠したが、気付かれたかもしれない。

――それでもね、前の奥様の弟さんのことは私もよく覚えていますよ。奥様とずいぶん年が離れていらして、まだ小学生か中学生の頃に何度か泊まりに見えてましたから。その時、上村さんも二回ほど一緒に来たそうです。そう言われれば、前の奥様が男の子を二人連れて、川で遊んでいたことがありましたねえ。ずいぶん昔ですねえ。そうですね、私がここへ来たばかりの頃ですから、もう四十年以上も経ちますか。


私の脳裏に、日傘姿の若い登世子が小さい二人の男の子を連れて川辺を歩いている姿が浮かんだ。三人はサキイ川の浅瀬に座り込んでドジョウやメダカ、ヤマベなど小魚を追い込んでいる。小石を積んで逃げ場を失くすのだ。私ともそうして遊んだ。いやそれは私一人の子供の頃の記憶かもしれない。

節枝は話し出すと止まらない。

——二人は直ぐにその日に帰ったんですが、翌年、あの男一人で戻ってきてここに泊まったんです。

その頃は亮子が亡くなり、佐和子の代になって程なくのことだった。佐和子は馴れない仕事で、新しい画家に力を入れたりして、それがうまくいかなくて不安定な時期だった。上村にいろいろ相談したりしていたらしい。

——あの男、自分では作家だって言ってますよ。どうも亡くなった澤田の奥様のことを書きたいらしいですよ。

私は驚いた。

上村は登世子に何を望んでいるのだろう。彼には子供の頃に遊んでもらった登世子のイメージが今でも強く残っていて、思い出に何か作品にしておきたいのだろうか。確かに幼い頃の思い出は、暖かい揺籃の幻影が大人になっても人を駆り立てる。しかし上村がそれほどの懐かしさを登世子に持っていたのだろうか。彼女の弟ならいざしらず……。

私はしばらく目の前の節枝の存在を忘れていたらしい。突然、話しかけられてすぐに返答ができなかった。

——もう、私も幸一さんとお会いするのは、これが最後になると思いますからね。

私がおざなりな返事をしようとすると、節枝は遮った。

——いいんですよ、私だってもう、まもなくお払い箱でしょう。葡萄園に変えるそうですからね。

急に自分の身の上話に移った節枝が鬱陶しくなって、私は意識的にはぐらかすように答えた。

——羨ましいねえ。こっちはもう老境に差し掛かっているのに。今から新しい事業を始めようというんだから。

——そうですか……。

節枝は肯定とも否定とも分かりかねる返事をして、溜息をついて立ち上がった。

——さっきの上村の話、聞かなかったことにしてくださいよ。どうせ、本人からなり、佐和子さんからなり、何か話があるでしょうから。

そう言って、幾分足を引きずりながら、厨房のほうへ引き下がっていった。

私は、折角いろいろ気を使ってくれ、打ち明け話もしてくれた節枝なのに、自分の気持ちに引き籠もって彼女自身のことに親身になってやらなかったことを悔いた。

後ろのテーブルで椅子を引く音がした。佐和子と鈴子が立ち上がってこちらに来た。

——悪いわねえ。今日はちょっと寄り合いの予定が入っているのよ。何、小一時間もすれば戻ってくるわ。

そう言って二人で出て行った。外で車のエンジンの音がした。

すぐに鈴子が一人、戻ってきた。

——明日、澤田の家へいらしてください。ちょっとお話ししたいことがあります。

そう小声で囁くと、また出て行った。

17

男は一人残って窓際のテーブルで酒を飲んでいたが、やがて立ち上がってこちらに来た。

——いいですか。ちょっと一人だけだとね。

私は頷いた。

節枝の話から、幾分警戒して男を眺めた。上村と呼ばれた男は自分のウィスキー・グラスを持って、向かいの席に座った。

――ここへ来て、まもなく二年になります。いつも女性軍に囲まれていると、たまに男同士話したくなりますね。

確かにこうして酒が入った男を見ると、その表情には柔和さと人懐っこい善良さが溢れている。

――それにしても女性たちは元気ですね。こんな夜更けに会合があるんですか。

私は内心驚いて訊ねた。

――そうですよ。彼女たちは今、乗ってますからね。新しい葡萄園に向けて、いろいろ情報を仕入れて、仲間を増やそうとしてるんですよ。今じゃあ、五十って年は若いもんですね。

――特に、女性にとってはね。

――そうですね。男はもう駄目ですね。何か先が見えた気がして。

――そうですね。

私は自分と同年輩らしい上村に急に親しみを覚えて、相槌を打った。

しばらく上村はウィスキー・グラスを前に迷っている様子だったが、思い切ったように口を開いた。

——さっき、節枝さんから私の紹介はしてもらっていたようですから……。

私が慌てて遮ろうとすると、上村は直ぐに言葉を継いだ。

——いいんですよ、そのほうがかえって楽ですから。自己紹介の手間が省けますからね。でも、彼女にはよい印象を与えていないようですね。五十過ぎの男が定職もなく転がり込んで来て、ぶらぶらと遊んでここいら中をほっつき廻っているってね。

——作家さんですってね。

——ええ、でもちっとも売れてませんよ。親の遺産でどうにか生活しているというところかな。

私はそれ以上こちらから話しかけることを止めた。亡くなった登世子のことを嗅ぎまわっていると節枝が言った。何も隠すことはなかったが、こちらにお鉢が回ってくることだけは避けたかった。そんな私の警戒心を読み取ったのか、上村は人懐っこい微笑を浮かべたまま話しかけてくる。

――もし差し支えなかったら、私の話を酒のつまみにでも聞いてもらっていいですか。なにせ、こんな話が出来る機会があるとは思っても見ませんでしたから。

私は頷かざるを得なかった。

登世子の弟は永井淳という名で、大学でフランス語の講師をしている。二人で先だってサキイ町に来てからもう三年になる。

澤田家の修作から永井宛に手紙が来て以来、彼は悩んでいた。姉のことは二十数年経っても忘れたことはなかった。だが澤田俊治がすぐ再婚したこともあり、次第に連絡も途絶え、両親は娘の墓参りにも行けずにあいついで亡くなった。永井も姉の葬式に出た後、澤田家とは縁が切れていた。実家から離れた異郷で、一人亡くなった姉のことは気になっていた。知らせて寄越した姉の肖像画は見てみたいし、墓参りもして置きたいと思ったが、俊治も亡くなり後妻とは顔を合わせたこともないのに、訪問するのは気が重かった。それで、上村に相談があった。昔、子供の頃、永井と一緒に何度か泊りがけで遊びに来たことがあった。登世子のことは鮮明に覚えていた。結婚して間もない時期で、まだ二十代の頃だったらしい。あの頃遊んだサキイ川の風情も懐かしかった。

——それで時間に余裕のある私が永井に付いて、夏休みに訪ねて来たというわけです。

そこまで話して、上村はごくりと音を立ててウィスキーを飲んだ。

——ああ、失礼しました。お酌もしないで。

上村は、猪口を前に居心地悪そうな私に気付いて言った。

——いや、いいですよ。勝手に手酌で飲んでますから。

そう答えたが、話がどこへ行くのか分らず、そんな昔の登世子の思い出を、なんでこちらは聞かされなければならないのだろうか、と幾分憮然とした顔をしていたのだろう。

——あなたが描いた彼女の肖像絵を拝見しましたよ。

いきなり、こちらに切り込んできた。そして話を続ける。

上村たちが現われて鈴子は迷惑そうな表情を隠さなかった。修作には前もって相談されていなかったとはっきり言った。

——でも、あの絵はここへ置いておくわけには行かないから、引き取ってもらえたら幸いです。

そう釘を刺して鈴子が運んできたのは、三十号ほどのキャンバスだった。額装はされていなかった。その絵を鈴子は応接間に置かれていたイーゼルの上に置いた。

まず色彩の鮮烈さに目を奪われた。登世子は籐の椅子に腰掛けていた。溢れんばかりの緑の洪水の中に座っている。白いレースのドレスを着て、目の前の円卓にはレモネードらしい黄色がかった透明な飲み物の入ったグラスが置かれている。登世子の左手はそのグラスに添えられ、右手は籐椅子の肘掛に置かれている。その顔立ちは光りの輪の中で曖昧に浮かんでいるが、姿形や雰囲気から直ぐに登世子の面影を認めた。薄いピンクの薔薇のパーゴラが背後に描かれていた。甘美な陶酔の中にも一種の退廃的な雰囲気が漂っている。印象派の絵画にも似た手法だと思われたが、もっとシャープな輪郭線が描かれていた。全体の量感豊かな色面と、その上に重ねられた線描の繊細さが目立った。登世子の目鼻立ちを克明に写し取る肖像画の手法とはかけ離れていて、しかしそこにいるのは登世子そのものだった。

永井も同じ思いだったのだろう。二人はしばらく言葉を失ってその絵を見守っていた。しかし、直ぐに鈴子の存在に気づいて、永井が振り返った。

——いい絵ですね。

——そうですか。

鈴子は素っ気なく答えた。この絵は俊治の書斎奥の書庫に置いてあったのだという。

――本棚の上で、他の書類や本の間に挟まっていたんです。娘の祥子が本を探していて、開きにくいガラス戸を力を入れて開こうとしたら、上から滑り落ちてきたんです。

上村は訊ねていた。

――隅にIchi. Kってサインがありますね。作者は誰でしょうか。

――ええ、影山幸一という名の画家です。

鈴子は自信を持って答えた。

――この画家をご存知だったのですか。

――ええ。

永井が続けて聞いた。

――私は絵はよく分りませんが、かなり力量のある画家ではないですか。この影山という画家は今はどうしてるんですか。

――わかりません。多分死んだかもしれないわね。はっきりは分らないけど。

そう答える鈴子の口調には、その画家に対してか、二人に対してか、あまり好意は感じられなかった。永井も敏感に鈴子の屈託を感じ取ったのか、それ以上問うのを止めた。

代わって上村が続けて聞いた。

——この庭はどこでしょう。美しい所ですね。このお屋敷ではないようですが。

——ソルヴェール荘でしょう。

——ソルヴェール荘？

永井が記憶を辿るような表情を見せた。

——ほら、あの山の麓に広がる高原にあるんです。ここから車で十分ほどです。

鈴子は客間の窓から山の方角を指差した。永井の記憶に何かカチッとスイッチが入ったようだった。

——もしかして、アイス・スケート場のあった所じゃないですか。

——ええ、そうですね、あの頃はやっていました。今はもう止めてしまいましたが。

永井はそれから急に顔を強張らせて黙ってしまった。

後で聞くと、登世子は真冬の凍てついた夜に、そのソルヴェール荘からの帰りに事故死したという。

永井はその肖像画を用意してきたキャンバス袋に入れて大事に持って帰った。

澤田家を出た後、修作の案内で登世子の墓前に参った。永井はいまだに姉の死をうまく受け止められていないようだった。墓石に水を掛けながら、あんなに運転が巧みで注意深かった姉が車の事故で亡くなるとは信じられない、と誰にともなく呟いた。修作も頷いていた。「奥様も弟さんに参ってもらって、さぞ、お喜びでしょう」と修作は墓石に話しかけるように言い、二人で手を合わせてしばらく無言でいた。

上村はその時に決心した。永井のためにも何か登世子さんのことを書きたいと思った。肖像画の中の登世子は、不思議な磁力を持ってこちらに語りかけてきた。あまりに短い滞在だったので、もう一度時間を取ってサキイ町を訪ねてみたいと思った。それでまた翌年、ここへ戻って来た。話に出たソルヴェール荘が今でもペンションを営業していることを知って、そこに泊まることにした。

18

そこまで話し終えると、上村は酒を一口飲み、またこちらを見た。

——そうですか、あなたがあの肖像画の絵描きさんですか。作者に会って、ますます感じるところがありますよ。私の作品も途中で止まってしまっていましたが、あなたに会って、先に進めそうですよ。でも鈴子さんはどうしてあなたが死んだかもしれないって言ったんでしょうね。

私は用心して答えなかった。

上村は佐和子に聞けば私の消息は直ぐに分ったことだろう。現にインターネットなどで佐和子は私の活動振りを知っていた。上村は佐和子にどれ位のことを話しているのだろうか。それに、佐和子は上村について私に詳しい説明は何もしなかった。節枝から聞くまで、彼が登世子の弟と一緒にここへ来たことも、私が描いた登世子の肖像画が出てきたことも教えてくれなかった。それほど重要なことだとは思わなかったのだろうか、それとも意識して登世子の話題には触れたくなかったのだろうか。

私は不安と不愉快な気持ちを押さえて、戸惑ったように言った。

——鈴子さんが私のその後について、何もご存知なかったのは当然だと思いますよ。今回、全く連絡なしにここへ来たのが二十数年振りですから。それにしても、あなたのご友人というその弟さんには一度も会ったことも、噂を聞いたこともないですね。登世子さんが永井という旧姓だということも、今、初めて知りました。

言ってしまってから、言わずもがなのことを口走ったと思った。もう二十年以上も前のことだ。そんな詳細な記憶が私に残っていることは、かえって奇異に思われるだろう。案の定、上村は妙に納得したようにこちらを見た。

——影山さん、かなり登世子さんと親しかったんですね。

——いいえ、ただ、私の絵を買ってくれて、力になってもらったので。

——そうですか。

私は上村の追及するような視線から早く逃れたかった。居心地が悪かった。

——永井は登世子さんが亡くなった後、親友の私にも一切、そのことは口にしませんでした。よほど辛かったのでしょう。でもね、ここへ一緒に来る機会を得て、いろいろ登世子さんについて話してくれました。だから、何か書けるかなと思って。それでここへまた舞い戻ってきてもう二年にもなりますね。そのまま、ずっといるわけです。

上村がこのソルヴェール荘に留まっている理由は、それだけではないだろう。思わず皮肉な笑いが唇の端に浮かんだかもしれない。

上村は今の私の笑いを見たはずだった。しかし、顔色一つ変えなかった。かなりしたたかな男だと思った。

私はこれ以上、その永井という弟の話を聞きたくなかった。自分には面識も関わりもない男だった。節枝の話によると、どうやら一人身らしい五十男の、姉を失った遺族としての感傷に、今更付き合ってはいられないと思った。

それにしても、上村は登世子について何を探っているのだろう。もう、はるか昔のことで、佐和子や節枝なども日頃は忘れてしまった存在なのに。先ほどは皆の無関心を憤っていたのに、今はそう言い聞かせて過去を切り捨てようとする自分がいた。

――永井は言いました、姉の思い出はいろいろ君に話してしまったからもういいってね。過ぎたことだ、亡くなった本人も、もうそっとしておいて欲しいだろうって。でも打ち明けた相手が悪かったですね。私は作家として何か嗅覚が働くんですよ。言ってみれば登世子さんの霊魂がまだこの世に残っていて、何か書いて欲しい、明らかにして欲しいと言っているような……。

私は先ほどからの不快な気持ちを抑えきれずに、つい口を入れた。

――私も弟さんと同じ意見ですね。弟さんの気持ちを汲み取って、もう亡くなった方の御霊は敬意を持って、そのままにしていた方がいいと思います。

つい踏み込みすぎたと思った。部外者として、黙って聞いていればいいものを。

案の定、上村はじいっとこちらを見た。

――影山さん、ずいぶんと気を使われているようですが……。大丈夫ですよ、たかが三文作家が勝手にでっち上げた空言ですよ。誰も本気にしやしません。

私は思わず反論した。

――何も気を使う筋合いのことはないんです。

第三者ですから、と言外に意味を籠めたつもりだった。

上村はそんな私の反応を見て、にやりとした。

――永井は結局理解してくれましたよ。作家としての私に任せてくれました。ここまでついてきた私に対する感謝の気持ちもあったのでしょう。しかし、とにかく出来上がったものは私の創作ですよ。たとえ事実が書いてあったとしても……。それに、事実って何です？　結局それを書いた人の感性を通して見た世界、その人独自の解釈でしかないでしょう。あなたも画家なら、その辺のことはお分かりでしょう。

――そうですね。

私は肯定するしかなかった。

外界にしろ、心象風景にしろ、私の心の目に投影されているものを、自分の感性で色彩や構図や量感を使って仕上げていくしかない。そこにあるのは、その画家が見た事実しかない。

19

——それはそうと、影山さんでしたね。あなたのF市での展覧会、拝見しましたよ。

私は急に足を掬われた気がして、返事に窮した。しかし、礼儀上、頭を下げた。

——私が行った時は平日の午前中だったせいか、画廊の人以外は誰もいませんでした。ですから、ゆっくりと作品を見させていただきました。

確かに、上村の姿を画廊で見た覚えはない。たとえ芳名帳でその名を見たとしても、誰だか分からなかったであろう。それにしても、私の絵をなぜわざわざ見に行ったのだろう。よほど上村は絵を好きなのだろうか。

——あの、失礼ですが、ずいぶんと絵が変わられましたね。登世子さんの肖像画と比べるとあまりにも違うので、別人が描いたかと思いました。

一番避けたい話題を差し向けられて、私は明らかに表情が変わっただろう。そんな私を見ても上村は怯まず、さらに畳み掛ける。

――このソルヴェール荘の倉庫にも、あなたの大作がしまってあるんですよ。いい絵ですね、透明で叙情的で白昼夢のような、子守唄を聞いているような……。

上村が話題にしているのは、グランド・ピアノの上にかつて掛けられていたサキイ川を描いた絵であろう。確かに、白昼夢であり、懐かしい子守唄の絵であった。しかし今の私は、その情緒に浸っていることは出来なかった。何か反論しなければならなかった。そうでないと、どんどんと押し込まれていきそうになる、何処へかは知らないが……。

上村は続ける。

――それにもう一枚、大作がありましたね。真っ白い世界、どうも氷の世界ですかね、そこで人でしょうか、それとも一羽の鳥？　中央に佇んでいる。氷が割れて水に沈むのか、それとも宙に飛び立つのか……。何か硬直していましたね。

私はまたも不意を突かれた。その絵のことは全く忘れていた。

確かに真冬に、もう外での制作もままならない時に描いた。川の氷の上、それともアイス・スケート場？　イメージは何処でもよかった。この世ではなかったかもしれない。そしてモデルもいなかった。登世子を描いたのではない。サキイ町の閉ざされた純白の世界で、もう何も描けなくなっていた。白一面の世界に一つの光明を探していたのかもしれない。

アトリエに残していったから亮子だけはその絵の存在を知っていた。登世子が見たのかどうかは知らない。公の場で発表した絵ではなかったからだ。もしかしたら、当時親しく交わっていた登世子に、亮子はその絵を見せたのかもしれない。私には、その大作を後に残して行っても、亮子は保管していてくれるという確信と甘えがあった。小品を何作かは東京へ持って行った。それらの絵は何処へ行ったのか記憶にない。

私は態勢を立て直して言った。

——ええ、昔の自分の絵は、今、本人が見ても別の人が描いたと思いますよ。描いている時の感性は、その時間、その空間で切り取られたものです。ですが、それが過ぎて、いったん私の手元から離れてしまえば、その絵はもう別のものです。

私は何度も繰り返してきた返答を口にしていた。

——それは分かります。あのサキイ川の色彩溢れる夏の情景と比べたら、あの氷の絵は何か極北の硬直した世界を感じました。それだけでも画風が変わられたと思ったんですが、今回の展覧会の絵はずいぶんと細かい写実の絵ですね。それを描いている時間の感性がそのまま絵に定着しているとおっしゃいましたね。それにしても、昔の絵とは全く違った時間が流れていますね。あれほど画風が変わるのも珍しいですね。

言外に「何かあったんですか」と問いかけるような目差しだった。私は、上村の視線を断ち切るように言った。

——今の絵も私にとっては真実です。今の私の感性です。それが私が生きている証しです。

私の強い語調に、上村は目を瞠って、しばらく黙ってウィスキーを飲んでいた。

やがて、思い出したように語りだした。

——登世子さんについて書こうと思ったんですが、永井から聞いた話は断片しかないんです。しかし、気にかかる話が二、三ある。それとね、どうしても使いたいイメージがあってね。ちょっとこれは無理かとも思ってるんですがね……。

20

上村は話し続ける。

——これは永井が語ったことですがねえ、彼はこう言いました。

あれは姉が亡くなる数ヶ月前の秋のことだった。急に姉が東京の実家へ帰省した。ほぼ五年ぶりのことだった。

「あの時はまるで別れを告げに来たようだったね」姉の死後、口さがない父の妹が言った。「あの時、人違いかと思ったわ。あんまり面影が変わっていたから、婚家先で何かあったのかと」父はそれから妹を実家に近づかせなかった。しかし叔母の感想は口にこそ出さないが、われわれ家族も一様に抱いたものだった。あれほど輝いて凜とした気品のあった姉が、深い苦悩の跡のように、目の下や頬に窪みができ、顔色もくすんでいた。

今、上村はひたっとこちらに視線を当てて訊ねる。

——登世子さんに何かあったんでしょうか。永井は今になってそのことをいろいろ詮索するのは、亡くなった姉に対する冒瀆だと言いましたが、小説家としてはかなり気になるエピソードですね。

私は黙っていた。登世子が東京の実家に帰っていたと聞いたことがあった。「私も実家に戻ろうかしら」と言った。しかし、あの時どうしてそんなことを自分に言ったのだろう。

私はいま、一時的に健忘症に掛かっていた。いや、掛かった振りをしていた。私は彼女には絵を買ってもらい世話になった。その恩義あるスポンサーに感謝はすれ、それ以上、彼女の家庭の情況や、個人的な感情にまで踏み込む関係ではなかったし、当時の登世子が置かれていた状況を今になってあれこれ詮索するのも、弟が危惧するように死者に対する冒瀆と言えるだろう。

そんな私の反応を見ていた上村は諦めたように軽く首を振って、また矛先を変える。

——それに、もう一つ、登世子さんはスケートが得意だったんですね。

私はほっとして頷いた。何か答えなければかえって疑問を抱かせるだけだろう。

——ええ、それは覚えています。ソルヴェール荘のアイス・スケート場でよく滑っていました。

上村は頷いた。

永井は言った。姉はこのサキイ町にいて唯一の楽しみは冬場のスケートだと。少女時代からスケートが好きで、一時フィギュア選手を志したこともあった。しかし、姉はコーチにいろいろ言われるのが嫌でやめてしまった。とにかく何でも一人で自分流に勝手に絵を描いたり、ピアノを叩いて曲を作ったりしていた。一人でいるのが好きな性格だったから、友人はほとんどいなかった。

上村がいきなり聞いた。

――さっきピアノを弾いていた祥子ちゃん、彼女が鎮守の杜で踊っていました。あなたもごらんになっていましたね。彼女に会って瞬間閃いたものがあったんです。彼女、どこか登世子さんと似たところがないですか。

私は上村の指摘に驚いた。

そうなのだ、自分でも気付かずに祥子に惹かれていた。それはきっと、このサキイ町に来るやいなや、老人や中年ばかりに囲まれてしまい、たまたま遭遇した若い娘の存在が眩しく感じられたからだろうと思っていた。しかし、上村が指摘したように、祥子にかつての登世子のイメージを無意識に重ねていたのかもしれない。

――血はぜんぜん繋がっていないのにねえ。

私は独り言のように呟いて、上村の指摘が正しいことを自分でも肯定していた。

――環境がその人の雰囲気を作り出すのでしょうか。澤田家という、あのサキイ川に面して代々この地の名家であった、築地塀に囲まれた環境が……。

――あの川辺は独特ですからね。

私も答えていた。

上村はまた素早くこちらを見た。

――登世子さんはフィギュアの回転が得意だったそうですね。くるくると廻って、空に飛び出して行きそうだったと永井が言ってました。祥子ちゃんもくるくると岩の上で踊ってましたね。二人の踊りはよく似ていませんか。

私もさきほどその相似に思い至っていた。しかし、私は答えていた。

――どうでしょうか。登世子さんが氷の上で回転するの、見た記憶はないんで。

上村は私の返事はもう聞いていないようだった。一人で自分のイメージの世界に没頭している。周りに誰もいないかのように話している……。

——でも違いますね。祥子さんのは地霊の踊り、地面に足がついている。登世子さんは極北の氷上の踊り、今にも宙に飛び立ちそう。滑空する踊り……。

上村は自分の連想の中に浸りきっているらしく、今や私は完全にその攻撃の矢面から外されている。そう思うといくぶん余裕が持てるようになり、むしろ斜に構えて上村の話を聞いていた。なるほど、そういう対比で話を勝手にでっち上げて行くのだろうか？　作り話の一つのプロットにはなるかもしれないが、そういう展開ではちっとも面白くはない！

上村は相変わらず一人で話し続ける。

——ここの川は冬には凍りますね。女に会いに行こうと渡っていて落ちて死んだ男がいるそうですね。どうもなさぬ仲の密会のためだったらしい。

その話は登世子がしてくれたことがある。しかし、どういう繋がりがあるのか、私には皆目見当がつかない。話題が脇道に逸れて、三面記事的な方向に行く。

私はそろそろ席を立とうと壁の時計を見た。十時を回っていた。そんな私の動きを素早く察して上村は手で制すると、立ち上がった。

――ちょっと待っていてくださいよ。今、水割りのお代わりを作ってきます。あなたもいかがですか。

私が断ろうとするよりも早く、上村は厨房に消えた。

21

上村はすぐに両手に水割りのグラスを持って出てくると、その場でくるりと回転した。私は悪い眩暈が襲ってきて、ほんとうに立ち上がろうとした。

――いいですよ。私のほうが先に退散しますから。せっかくですから佐和子さんが戻ってくるまで、待っていてあげてください。最後にもう一つ余興を。アポリネールの『神罰三つの物語』って小編、読んだことがありますか。

私は首を振った。

上村の話はだんだん支離滅裂になっていくと思った。

――そこに、面白い話があるんですよ。かの悪名高いサロメの最後の有様……。

今度はサロメか！　私は呆れて思わず失笑したいところを抑えた。

この調子では、登世子のことを書きたいと言っていた上村の小説は支離滅裂だな、あっちこっちに飛びすぎるし、とっぴ過ぎる。

まあ、いいか、私は腹を決めた。どうせ、他に気晴らしもない田舎の夜の時間だ。佐和子が帰ってくるまで待っているとしたら、この際、上村の意味もない法螺話を酒の肴に聞いてやろう。

登世子のことで警戒していた緊張は緩んでいた。それに、何を警戒することもあろう。二人の間には何も三面記事的な痴話もないし、空想的な恋愛関係もなかった。

――アポリネールは昔の正当な歴史書から採ったと前置きしていますがね。サロメは凍ったダニューヴ河の上で踊っていて、その氷が割れて死ぬんですよ。サロメがさる総督と結婚して、その東征に従ってダニューヴ河畔まで来たのは事実らしいですね。砂漠育ちで氷を見たことのないサロメにとって、銀色に輝くつややかな氷の面は魅惑的に思えたでしょうね。そしてアポリネールは、おまけのイメージで締めくくっています。氷に落ちたサロメは身体は沈んでも首だけは氷上に残って、一晩中動かなかった。野生の動物たちもそんなサロメに敬意を払って、遠くから眺めているだけだったとね。氷の銀の盆に捧げられたサロメの首ですかね。かつてヨハネの首を銀の盆の上に所望したその神罰のように。

私は黙っていた。ヨハネの首の乗った銀の盆とサロメの首の乗った銀色の氷面、あまりにうまく出来すぎているのではないかと思ったが、それはフランスの一作家の感性のことだからと、黙っていた。

――それがね、登世子さんが帰省した時、永井とその話をしたそうです。

急にまた登世子の話に戻ったので、私は夢から醒めたように驚いて目をしばたいた。

上村は続ける。修作から聞いた、登世子の最後の様子だ。登世子の車は真冬で凍った道路でカーヴを廻りきれずに、道路脇のブナの大木に激突した。道路をアイス・スケートのように車は滑ったのだ。かなりのスピードを出していたと見られた。ブレーキの跡はなかった。車から飛び出した登世子は、月夜の氷の上に観念したように座っていた。

私は不意に思い出した。かつてソルヴェール荘のアイス・スケート場で、登世子が後ろ向きに転倒したことがあった。後頭部を打って、乾いた、それでいて氷が割れるような不気味な音が響いた。幼い頃からスケートをたしなんでいた登世子にしては珍しかった。まるで氷の下から何か出現したように、登世子は呆然と座り込んでいた。慰める私に「私、霊感が強いの」とだけ登世子は言った。

永井の話には続きがあるんです、上村はまだ話し止めない。

サロメの話を聞いていた登世子が突然言った。

——淳、小説をお書きなさいよ。そのアポリネールの話は確かに面白いけど、そんな有名で誰でも知っているヒロインの話じゃなくてもいいのよ。いえ、むしろ誰にも知られていない存在のほうがいいわ。ごく平凡な人間の日常の生活の中で、きらりと光る瞬間。そこに垣間見える生と死を分ける異空間の氷の裂け目……。そんな話が書けたらね。

登世子は目の前の虚空ともいえぬ前方を見て呟いた。

——だとしたら最高だね。でも、それは姉さんが書いたら?

登世子は寂しそうに首を振った。

——ううん。私はもう距離が取れないのよ。

——距離?

登世子は遠くを見るように呟いた。

——私にそんな才能があったらね、それでこの先、生きられるかもしれないわね。

そう言って寂しそうに笑った。

永井はそれ以上問わなかった。今になってもっと親身に話し相手になってあげればよかったと後悔している。姉はあの頃、何か一つの幻影に拘泥し、膠着し、身動きが取れなくなっていた。何か、脱出する手立てを捜してあがいているように見えた。

——しばらく、東京にいたら？

それが永井が言えた限度だった。そして、姉がそうできないことは感じていた。姉は一週間もせずに、またサキイ町へ戻った。

そんな姉との最後の会話を思い出して、永井はいまだに姉の死に不可解さを感じていた。不思議なことだった。登世子は若い頃に車の免許を取り、年老いた両親や永井を乗せてよくドライヴした。車の運転が好きだったし、丁寧で慎重な運転振りだった。この田舎の馴れた道で気が緩んだのかもしれない。それとも何か切迫した事情があって、急いでいたのだろうか。

22

上村がいきなりこちらに目を据えて、質問してきた。

——修作さんによると、彼女、氷の上に座って何か観念したように動かなかったということですね。それで私が気になったのは、登世子さんに何か後ろめたい意識があったんでしょうか。あなたはずいぶん登世子さんに絵を買ってもらっていたとおっしゃいましたが、そのお金自体が、元はといえば、ご主人の澤田家の財力なんでしょうから。

私は急に気分が悪くなった。どうして私にそんなことを尋ねるのだろう。登世子が私に金を注ぎ込んだとして、それが俊治から出た金かどうかはこちらには関係はない。澤田家の家庭内のことではないか。

——さあ、その辺のことは分りかねますね、あの人とはそんなに親しくはなかったし。登世子さんは澤田家の奥様として優雅な暮らしをなさっていて、余裕があるから私の絵を買っていただいたと思っています。それだけです。

そう言いながら、私は心の中で憮然としていた。たとえ、登世子が私と身体の関係を持ったことで夫である俊治に罪の意識があったとしても、それが私と何の関わりがあろう。どこにでもある夫婦間の揉め事の一つではないか。サロメのような大層な罪科を引き合いに出して、大芝居がかったことに仕立て上げるまでもあるまい。

――それに、サロメとは次元が違うんじゃないでしょうか。

私は口を滑らしたと思ったが、案の定、上村はこちらを見て問い質した。

――次元が？

私は苦し紛れに、亮子が生きていたら言いそうな一般論で答えていた。

――つまり、あの方は何らサロメのような大それたことをなさったわけでもないでしょう。普通の市井の人間として、旧家の奥様として平和に暮らしていらした。

しかし、そう、自分に言い聞かせるように呟きながらも、私は揺らいでいた。上村が伝えた登世子の言葉が心に響いていた。登世子は言ったそうだ、「ごく平凡な人間の日常の生活の中に垣間見える、生と死を分ける異空間の氷の裂け目」、その間隙に登世子は落ちて行ったのだろうか。

上村は私の反応に素直に応じて、それでも続ける。

——おっしゃる通り、とっぴなことは百も承知していますよ。それでもね、人間って差し迫って窮地に陥った時に、何か一つのイメージに固執することはありませんか。何でもいいんです、自分とは全く情況も時代も異なっていていいんです。そのイメージに何か一縷の繋がりの糸が垣間見えて、その糸に縋っていれば救いの光明が差してくる、どこかに脱出できる、そんな幻想を抱くこともあるんじゃないでしょうか。

私は一般論として上村の意見が分かる気はした。しかし、登世子の情況に当て嵌めることはやはり無理があると主張したかったし、しなければならないと思った。ここで揺らいでいては相手の思う壺に嵌まってしまう。

——そういう情況も分からないわけではありません。でも、遠目に拝見していただけですが、あの人がそんな窮地に陥っていたとは思えませんね。

上村はそんな私をしばらく見ていたが、納得したように頷いた。

——そうでしょうね、無理でしょうね。登世子さんになにかそんなことがあったら、サロメの話とうまく結びつくと、ただ勝手に想像しただけですよ。

再び上村に対して苛立ったわだかまりが突き上げてきた。それを追い払ってしまいたかった。

――アポリネールの話まで持ってくるのは唐突ですね。失礼ですが、なかなかうまく話は運ばないでしょうね。勝手に作り上げることは簡単でしょうが。

上村はにやりとした。

――そうですね。どうも、うまく進んでくれないんですよ。でもね、さっき話したあなたの絵、氷の中に佇む影、私にはピーンとくるものがありました。

今まですっかり忘れていた、私のかつての氷上の絵を再び持ち出してきたので、私は一時に心の制御を失った。

――何を想像されても結構ですが、私はそんなフランスの作家の話など聞いたこともなかったし、登世子さんの自画像は別として、彼女と関連付けるような絵を描いたことは一度もありません。それに、もう二十数年前のことはすっかり忘れました。

それにしてはこれまで色々な記憶を話して、矛盾したことを口走ったと思ったが遅かった。

私の強い口調に、上村は頷くように首を縦に振っていた。

それから、急に話題を変えた。

――さっき、鈴子さんがあなたに何か言ってましたね。招かれたんでしょう？

――いいえ、ただ別れの挨拶に戻ってきてくれただけです。

私は嘘をついた。

上村は黙ってこちらを見ていたが、いきなり笑い出した。

――どうも、鈴子さんには警戒されてるんですよ。澤田の屋敷に行って、いろいろ聞きたいことや見たいものがあるんですが、やんわりと拒絶されてしまいます。だからといって、このまま黙って引き下がるわけにはいかないから、祥子ちゃんを誘って親しくさせてもらっています。彼女自身、私に相談したいこともありますから。

鈴子の防御の姿勢は分る気がした。こちらもうっかりするとあれこれ聞き出されてしまうかもしれない。だからといって別に何も隠すようなことはないのだが。

上村は私が身を引いた気配を感じたのだろう。急に立ち上がった。

――どうも、おやすみなさい。まもなく佐和子さんが帰ってきます。お先に失礼します。

それだけ言うと、自分のグラスを厨房に運んで行った。再び出てくると、軽く会釈して、プライベートな居住空間との間を仕切っている、奥の分厚い木の扉を押していなくなった。

かつてここに長年住んだ時には、今の上村のようにあの扉を開けて自由に亮子の私室に出入りしたことを思い出した。あの頃は亮子自身が言っていたように、私は「家の人」

だった。今は上村がそうだった。佐和子の身内の存在だった。佐和子はあの扉の奥にまでは私を導き入れない。そのほうが良かった。もし、そこに亮子の仏壇や遺影があったら、招き入れただろう。しかし今は亮子の遺志に添って、かつて彼女がここに居たという痕跡は何も残っていないらしい。それでいいのだろう。

上村が登世子について、何を書きたいのかは気がかりだったが、上村本人が言うように、書かれた物は上村自身のアンテナを通した世界の反映でしかないのだ。そこに万一、自分に似た画家が登場したとしても、それはこの世に現前する存在ではない。上村が作り出した幻影、亡霊でしかない。今の私とは何ら関係のない人物だ。そう考えると気は楽になった。しかし、先ほどから抱えている気分の悪さ、不安、眩暈は何なのだろう。

23

車の音がした。私は何気ない風に、上村が作ってくれた水割りを前にぼんやりしていた。佐和子が入ってきた。

——あら、一人なの。節枝さんも上村もお相手しなかったの。

——いや、今まで上村さんと話していたところだ。

——そうなの？

それから、缶ビールとグラスを二つずつ持ってきて開けると私に一つを渡し、一気に飲み干した。

——ああ、実際にやるとなると葡萄園も大変なんだわ。栽培もそうだけど、もっと販路の方がね。ワイナリーである程度は買い取ってくれるらしいけど……。ああ、こんな話、あなたには関心もないわよね。みんな侃々諤々で、今はもうワインはいいって感じ。ビール、おいしいわね。

佐和子の正直な反応に私は思わず微笑した。

——あの人とどんな話をしたの？

——いや、別に。このサキイ町の昔と今の情況とか……。景気の話だとか。

——そう？　あんまり面白い話でもなさそうね。男の人も五十過ぎると妙に世帯じみた話題になるのね。

——そうかもしれない。

佐和子は寄り合いで興奮し、酒も入ったせいか、急に多弁になった。

——あの人、作家だって言ってるけど、仕事しているの、見たことはないわ。ここいらをぶらついているだけ。ちっとも売れていないから、これまでどうして生活してきたか分らないけど。ここにいるのも、何か書きたいらしいけど、内容は全然教えてくれないのよ。

——そうか。

私は納得がいかないままに頷いた。

上村が登世子について書きたいと思っていることは節枝さえ知っていた。それを佐和子が知らないわけはなかった。佐和子は言いたくないのだろう。先ほども、機会がなかったせいかも知れないが、上村が登世子の弟の親友であることや、ここへ来た経緯などについて何も教えてくれなかった。佐和子はかつての私と登世子との関係について、何か知っていたのだろうか。それで、意識的にその話題を避けようとしているのだろうか。

私は内心、失笑した。登世子と私との関係？　もう二十数年も前のことで、いまさら本人の亡霊でも蘇ってきて、上村に何か語り聞かせるとでも言うのか……。

佐和子は立って行って、また冷蔵庫から缶ビールを二本持って戻ってきた。そして、空になった二人のグラスに注いだ。

私は、それとなく佐和子に探りを入れてみた。

——彼は澤田の家に子供の頃、泊まったことがあるんだってね。

——そんな話をしたの？　そうなのよ、あの澤田の亡くなった奥さん、なんていう名だったっけ。あなた、ずいぶん目をかけてもらってたじゃない？

私は佐和子の不躾とも言える問いかけに、かえって拍子抜けした。

佐和子は小細工が出来ない性格だったことに思い至った。やはり彼女にとって、すでに登世子の記憶は不確かな靄の向こうに霞んでしまっている。かつての登世子と私との関係など、今の佐和子には思いも及ばないのだろう。だから昼間に了山寺のことを言った時にも何も含むところはなかったのだ。佐和子は言った、亮子の墓は「澤田家の墓の直ぐ近く」にあると。それは一つの脅し、警告のように私は感じて緊張したのだが。

——登世子さんだろう。

私は半ば憮然として答えた。

——ああ、そうそう。何か古風な名だと思ってたけど。その弟さんと上村は友人で、一緒に来たのね。澤田の鈴子さんが知らない間に、ほら、覚えている？　澤田家の管理人をしている修作爺さん、彼がその弟さんに連絡したらしいのよ。鈴子さん、嘆いていたわ、何も相談がなかったって。

——そうなのか。

それは節枝から聞いていた話で、危うく「そうらしいね」と相槌を打とうとして、思いとどまった。

——鈴子さんは、それもあってあの家を解体することにしたの。修作に出て行って欲しいのよ。亡くなった旦那さんが長年修作を大切にしていて、自分が死んだ後も彼に管理を任せるよう言い残していったらしいわ。でも彼女、もう限界だと言ってるわ。

私は半ば曖昧な気持ちで聞いていた。

——あなたが描いたその登世子さんの肖像画、弟さんは貰っていったらしいわ。あなた、あの頃、そんな絵も描いてたの？　結構、仕事していたのね。

——そうだね。

確かに、あの一年余りは今から思うとエネルギーが凝縮して、一時に噴射されたような時期だった。大作や小品を何作も描いた。注文を受けた登世子からの金で、佐和子とのアパートを借りた。そのことは今はどちらも口にしなかった。

——でも、私が弟さんだったら、そんな肖像画は貰っていかないわ。あの人、まだ若くして事故死だったから、この世に心残りがあったかもしれないじゃない。まるで過去の亡霊が、この世に未練があって突然生き返って出てきたみたい。鈴子さんにしたら、そんな絵は早く処分してしまいたい気持ち、よく分るわ。

私は佐和子の口調に次第に立腹していた。どうしてもう少し、死者に対して慎み深い配慮ができないのだろうか。その弟にしても、姉に対する情愛の念が残っていたからこそ、遠くはるばる東京から来て絵に再会し、持って帰ったのだから。

佐和子は急に思い出したように、飲んでいたビールのグラスを置いて正面からこちらを見た。何を言い出されるのかと少し構えた。

――あ、そうそう、ちょうどいい機会だわ。あなたの絵がまだ残っているのよ。亮子伯母は死ぬまであの絵をピアノの上に飾ってたわ、覚えてるでしょう。

私は頷いた。

唯一私が展覧会で受賞した絵だ。登世子が買いたがったが、亮子はその時だけは頑として譲らなかった。私は何かと世話になった亮子に贈るつもりでいたから、対価は受け取らなかった。そんな亮子に佐和子は代金を請求すべきだと激怒した。

――他にもあなたの絵、奥の倉庫にしまってあるのよ。その後、いろいろ絵が増えたから、あなた、引き取ってくれたら助かるわ。むろん、ただでいいわよ。送料だけ負担してくれれば。

——そうだね。

私は浮かぬ顔で曖昧な返事をした。

急な申し出に戸惑っていた。確かにこのソルヴェール荘のホールに足を踏み入れた時から、昔の絵がどこに行ったか気にはなっていた。亮子が生きている間は飾っていてくれるという妙な信頼と安心感があった。現に佐和子は、私の絵を外して新しい画家の絵に変えたのは亮子が亡くなった後だと言う。

先ほどの上村の話で、私のかつての絵は倉庫に保管してあると知らされていた。だからと言って、あの頃の絵を見てみたいという気も起きなかったし、ましてや引き取ろうという気持ちもなかった。昔の絵はあの時には真実だった。その時の感覚だった。しかし今では別人の作品のように思える。描いている時は自分の分身だが、描き終えて自分から離れてしまうと、もう自分とは別の存在だった。懐かしくも、愛おしくも感じない。絵の行く末は知らないし、気にもならない。

——何なら今見に行く？　倉庫の一番前に置いてあるから、直ぐに見られるわよ。

――今はいいよ。考えとくからしばらく置いておいてくれないかな。

今度は佐和子が曖昧な頷き方をした。

ちゃんとした画商が付いている画家なら、画商に頼めばすぐに動いてくれるだろう。けれど、今の私は細々と小さい売絵を描き、絵画教室で教えて生計を立てているに過ぎない。

かつてのように大作も描かず、自宅には狭いアトリエしかない。

しかし、そんなことはなんであろう。ほんとうにかつての絵を取り戻したかったならば、大した障害ではないのだ。

佐和子は幾分痛ましそうにこちらを見た。

――とにかく、直ぐに決断するにはゆとりがないのね。

自分の絵なのに、という言外の皮肉があった。

私はただ力なく頷いただけだった。

――そろそろ部屋に行くかな。酒も入ったし、眠くなったよ。

佐和子は一瞬きっと目を光らせたが、直ぐに諦めたように自分も立ち上がった。

――そう、久しぶりで疲れたでしょうから。それに明日は鈴子さんに呼ばれてるんでしょう。

先ほど鈴子は秘密めかして小声で私に囁いたが、佐和子も承知のことだったのだ。私は澤田の家を訪ねることに、いくぶん気が楽になった。

——そうだね。それでも昼前には失礼するよ。F市の展覧会も会期中だし。

——そう？　そんなに会場に詰めてなくてもいいでしょうに。

私は苦笑した。

——そうだね。別にアポイントも、来る宛ての客があるわけでもないんだが。ま、そうするよ。

佐和子のほうでも言うことは言ったという感じで、意外と素直にこちらを解放してくれた。

部屋に帰って、そのままベッドに横たわった。数時間のうちにいろんな出会いや情報が交錯して、疲れていた。少し、整理する必要があった。しかし、ゆっくり考えてみると、ある程度は前もって予想していた範囲内だった。

二十数年も経って、自分のことを覚えていてくれた佐和子や節枝がいただけでもいいとせねばなるまい。特に、あの頃は世話好きで噂好きだった節枝が鬱陶しかったが、今でも昔と変わらぬ親しさを見せてくれたのは彼女一人だったといえる。

佐和子がこちらを拘りもなく受け入れてくれたことには安堵した。昔の恨みで拒絶されることも予想していた。しかし、いまや彼女にとって自分は遠い存在になっている。そのことを見せ付けられるのも、寂寥の想いが強まる。勝手なものだと自嘲的に笑った。

佐和子が再会して初めに見せた、感傷的な私との昔の思い出話、それにまつわる幾分攻撃的なこちらへの感情の吐露はあっという間に過ぎた。しかし何よりも堪えたのは、先ほど見せた私の絵に対する無関心さだった。

しかし、思い起こしてみると当時においても、佐和子との身体の関係はあっても、彼女が私の絵に何も特別興味は示さなかったことは確かだった。

それにしても、鈴子は何の用事だろう。正直、鈴子や修作に会うことを考えると気が重かった。しかしサキイ町に来るのはもうこれが最後だろうと思うと、心残りは後まで引き摺っていたくないとも思った。それに、この最後の機会に、登世子と過ごした澤田の家屋敷を、もう一度見ておきたいという気持ちは強かった。

上村の存在は予想外のことだった。彼は私に何か探りを入れる風だった。どんな展開を考えているのだろう。私は彼が考えていそうな筋立てを、自分なりに想像してみた。

よくある三角関係の筋立てだ。若い画家と人妻との不倫関係？　そうだとしたら、噴飯ものだった。あの若々しく輝かしい登世子、旧家の気品溢れる奥様であった登世子が、私ごとき一介の平凡な画家のために思い悩み、結果的に死を選ぶなどということは……。そんなありきたりのメロドラマの筋書きはいくらなんでも考えてはいまい、自分のことを三文作家と自嘲気味に表現した上村としても、そんな展開では筆が進まないのだろう。

先ほど「肖像画の作者に会って、ますます感じるところがありますよ」と言っていた。私に対してどんな虚像を膨らませていくと言うのか。あれはただの挨拶、一種の虚勢で、実のところ、上村自身まだ明確に行く手は見えていないのだろう、そうに違いない。

自分にこう納得させると、さすがに疲れと酔いでぐっすりと眠りに落ちた。

24

翌朝早く目覚めた。

このところ年齢のせいか、段々と目覚めが早くなった。若い頃は全くの夜型だったのに、今では早くから起き出して散歩に出掛けるのが日課になっている。

私は階下に降りて、静かに裏庭に通じるドアを開くと、外へ出た。台所で湯を沸かす音と包丁で何か刻んでいる俎板の響きがした。節枝がもう起き出しているのかもしれない。

高原のせいか、辺りの空気は清涼で爽快だった。あの頃、もっとこんな散歩をすればよかったのに、と今になって後悔した。大きな夢ばかりを胸に、夜は酒を飲みすぎ、朝は寝起きが悪く、昼過ぎにならないと仕事のエンジンは掛からなかった。

川辺を歩いていた。向こう岸を川上の方へもうしばらく行くと、澤田家の敷地に通じる。登世子とは何度この川辺を歩いたのだろうか。数えるほどでしかない。ただ、最初に二人で歩いたのも、最後に別れを告げたのも、この川辺でだった。

川上から歩いてくる人影を認めた。それが上村だと分り、思わず身を隠そうとしたがすでに遅かった。向こうではすでに気付いていたらしく、片手を挙げて合図を寄越した。登世子の思い出に浸っていて、その姿に気付くのがおろそかになっていた。

――ここへ来てからこのところ、早起きになってしまいました。影山さんもお早いですね。

上村はさりげなく、挨拶をする。

――そうですね。早起きは気持ちいいですね。

そう答えて、そのまま行き過ぎた。

——あの。ちょっと。

背後から、上村が声を掛けた。私は立ち止まった。

——お差し支えなかったら、御名刺か何か、いただけたら嬉しいんですが。作品が出来上がったら、一冊お送りします。

私は戸惑ったように答えた。

——すみません。名刺など持ち歩かないもんで。なんなら、あとで佐和子さんに聞いてください、彼女には知らせておきますから。

上村は頷いた。

——そうですか。実は私も名刺は作ったことがないんですよ。

そう言って、人が良さそうに笑った。

そんな上村の様子を見て、嘘をついたことを恥じた。F市での展覧会のために必要かと思って名刺は持ってきていた。しかし、新しく紹介される客も現われず、数枚しか役立てていない。佐和子には私の現住所を知らせることはないし、彼女も聞きたがらないだろうと思った。

――うまく、作品が出来上がるといいですね。

私は後ろめたさをいくらかでもカヴァーしようと、心にも無い世辞を言った。

――そうですね。出版社がどこか出してくれるといいんですが。

確か昨夜上村は、まだ小説の目処が立たないと言っていたが、本当はすでに仕上げる見込みがついているのだろうか。私は半信半疑で訊ねた。

――それでは、作品はもう先が見えてるんですね。

――いえ、それは今、五里霧中ですな。いつになったら完成するやら……。

上村はそう他人事のように呟いた。すぐにも完成しそうな言い方だったので、はぐらかされた気がした。私は昨夜からの苛立った思いが募って、つい口に出した。

――そうですか。それにしては昨晩、いろいろな話をしてくださいましたね。私は思うんですが、作品を仕上げる時、その内容を言葉で誰かに話してしまうと、もう駄目なんですね。それで描き終えた気がして、興味がなくなって放り出してしまう。上村さん、あなたはそうではないですか。あんなに自分の作品の手の内を晒してしまうと、それ以上、書けますか?

上村はちょっと目を瞠ったが、直ぐに面を伏せて、小声ですまなそうに呟いた。

——すいませんでしたね、昨夜はお時間を取らせて。

それから、目を上げてしっかりとこちらを見据えた。

——でも、あなたに手の内は何も晒していませんよ。

私はその逆襲に、うっかり先手を取られた気がした。

——だから、あなたにお願いしてるんです。当事者であるあなたが、何か私に情報を下さらないかと。

私は「当事者」という言い方に、啞然とした。

——当事者、とは驚きですね。もう、あの人のことはほとんど忘れていました。あの人の肖像画を描いたことも。あなたの話を聞いて、そんなこともあったのかと、改めて思い出している所です。そうではないですか、上村さん。描いている時はその世界に浸りきっていますが、一旦自分のもとから送り出してしまうと、すっかり別の人の作品に思える。

——ええ、分ります。その通りですね。そして今の私は、登世子さんとあなたがいた二十数年前の澤田家とソルヴェール荘、その世界にあなたの言葉をお借りすると「浸りきって」いるわけです。

そう言って、上村は正面からこちらを見据えた。その視線にはこちらの隠し持っている内面の動揺まで晒して吸い上げてしまうような強い磁力があった。その視線に出会って思わず鳥肌が立った。危ないと思った。

これ以上の会話を止めるつもりで軽く会釈して歩き出した。上村は今来た道を引き返し、私の後ろからついてくる。この機会を逃したら、もう二度と私と話す時間がないことを承知しているように。

私はもう上村の話には乗っていかないと、拒絶するように肩を怒らして歩いた。上村はそんな私の頑なな態度を後姿から察したのか、しばらく黙って歩いてきた。そのうちに、背中の方で独り言とも繰言ともつかない風に話し始めた。

――そう、永井の話で気になることがいくつかあったんですよ。昨日も話しましたよね。里帰りした登世子さんの「人違いかと思うほど変わっていた人相」、「あの時はまるで別れを告げに来たようだったね」と言った親類の人の感想。そして登世子さんはこうも言ったんですね、「自分で書けたら……。でも、もう距離が取れない」、「私にそんな才能があったらね、それで生きられるかもしれないわね」。それで十分でした、登世子さんのことを書きたいと思ったのは。そんな些細な言葉の奥に、登世子さんの存在の危機が隠されていると直観しました。表面は大したことではないのです。でも、登世子さんが書いてくれと言ってるような気がして……。

なんで同じ事を繰り返す、昨夜も聞いた、もういい加減にして欲しい――。私は上村を無視しようと決めていたのに、再び苛立ちが募って口に出していた。

――なんだか、おっしゃっていること、大時代がかっていますね。それに人の死を利用してまで書くんですか。

私は言葉を出した後で、ついこちらの苛立ちを口に滑らしてしまったと思った。苛立ちと言うよりも、むしろ大きな不安だったが、もう遅かった。

――大時代がかっている？　そう、それがあなたの正直なご感想でしょう。あなたは私の欠点をよく見抜かれました。そうなんです。ちっぽけで些細なことを取り上げて、妄想でイメージを膨らまし、メロドラマに仕立て上げてしまう。困ったものです。登世子さんは永井に言ったそうですね。「小説をお書きなさいよ。話してくれたサロメの最後ね。そんな有名なヒロインの話じゃなくても、ごく平凡な生活の中で、きらりと光る瞬間。生と死を分ける異空間の氷の裂け目。そんな話が書けたらね」って。

そんな話をほんとうに登世子がしたのだろうか。それは上村がサロメの話を登世子と無理に結び付けようとして、作り出した虚像ではないか……。

私は上村の話をどこまで信じていいのか分らずに、混乱してきた。

――修作さんから、直接聞いた話です。登世子さんは事故の後、直ぐに連絡すればいいものをしなかった。まるで悟ったようにその場に座り込んでいた。やがて寒さが彼女を眠らせてしまった……。

私はもう何も答えなかった。ソルヴェール荘のアイス・スケート場で転倒して氷の上に座り込んだ、登世子の虚ろな表情が浮かんだ。両手を膝に廻して一言、「私は霊感が強いの」と呟いた。

そんな私の反応を見て、今は上村は私の脇にぴったりとくっついて、こちらの表情を窺いながら言う。

――いいんです。つまらない三文小説です。しかし、その死の原因に、あなたの影があるというようなニュアンスを入れるとしたら、きっと気を悪くなさるでしょうね。

やはり、そこに行き着いた、と私は了解した。

私は思わず大声を上げて笑った。

――上村さん、やっと白状しましたね。そのためにしつこく私を追いまわしているんですね。

上村は私の高笑いに動じることもなく、自分もはにかんだ微笑を浮かべた。

――そうですな、どうも最初からあなたには気付かれていたようですね。

私はきっとして上村に向き直った。

――どうしてそんなことを私が気付くんですか。想像もつかないことを……。

私は怒りを抑えきれずに言った。

――第一、そんな連想は登世子さんにとって屈辱的ですよ。私のような三文画家がその死と関連づけられたとしたら、彼女に失礼です。

上村はしばらく黙って私を見ていたが、自分に納得させるように呟いた。

――そういうもんじゃないでしょうか。表面上は何もなかったように見えてもね。誰の心にもそんな思い出や傷の一つや二つはある。だから、作り物の小説だと分っていても、他人の人生を自分に重ね合わせて読むんですね。

――表面上は何もなかったっておっしゃいましたが、この場合は登世子さんの死という大きな出来事があったでしょう。

――そうですね。でも、それだって、世間にざらにある、交通事故の一つに過ぎないでしょう。いずれ、忘れ去られてしまう。その記憶を持っていた人も、この世から消えてしまう。登世子さんの内面に、どんな葛藤があったかどうかも分からないまま。

――登世子さんの内面の葛藤とおっしゃいましたが、今になってそんなことに誰が興味を持つんですか。もう二十数年も経って、ごく内輪の人にしか思い出がない。あなたは弟さんの親友として、それを書く必要性を感じてらっしゃるようですが、読むほうは、そんな知らない女のほんとうの死の原因、なんて中身に興味があるんですか。

――あなた、失礼ですが、画家さんでいらっしゃるでしょう。どういう気持ちで道端の名もない花や、無名のモデルさんの裸体を描くんですか。

私は切り返されて言葉に詰まった。

――無名でも、道端の野草一本でもいいんですよ。そこに誰にでも通じる世界が開けていれば。皆がああ、自分も同じように感じ、苦しみ、慰められた、そしてこの物語を読むこと、この絵を見ることで何か力を得た、そう思ってもらえれば、それだけでいいんです。

私は言い負かされて、照れ隠しのように言った。

――まるで、青二才の文学青年でも言いそうな台詞ですね。

言外に、だからその小説は面白くなくて売れないのだろう、という揶揄のニュアンスを籠めた。

上村は敏感にこちらの意図を察したのか、またにやりと笑った。

——そうですね。私のような感覚はもう古いんでしょうね。

それから、しばらく黙って二人は歩いた。

——とにかく、画家との恋愛の話はカットしますよ。登世子が、その画家のほんとうの資質に触れて、自分の描いていた理想のイメージが瓦解した。そうして自分の錯誤に絶望して事故に見せかけて自殺した、なんて筋書きはもう止めにしときますよ。

今度は私のほうがにやりと笑った。

——上村さん、そんな筋書きなんて、これっぽっちも考えていなかったでしょう。私を見て、改めてそう思った、そうでしょう。

上村は足を止めて、正面から私に向き直った。

——影山さん、そう自分を露悪的に見せるのは止めたほうがいいですよ。もっとご自分の心に、正面から向き合ったほうがいいと思いますがね。

先ほど見せたと同じ、こちらの防御の皮膜を突き破るような視線だった。私は驚いて立ち竦んだ。

——まあ、いいでしょう。とにかく登世子の一人芝居だった。自分の夢に踊っていた。

それに気づいて登世子は自分を笑うしかなかった。全くの喜劇だわ、彼女は思ったことでしょう。

上村は語調をがらりと変えた。その皮肉で侮蔑的とも取れる言い振りに、さすがに私は内心憤りを覚えた。それでは登世子がかわいそうだ、全くの笑い者、道化ではないか。

しかし、私には彼を諫める権利も力もなかった。登世子の貶められた虚像に憤りながらも、私に向けられた詮索の矢が少しでも遠のいていくことに、安堵を覚えていた。

――それじゃあ、あなたの直観では登世子さんは事故で死んだということですね。

上村は再び、私を射すくめるように見つめた。

――事故でしょう。それとも何かほかに疑惑でもあるんですか。

そう問い詰められて、私は自分で墓穴を掘ったと思った。私は黙った。

上村はソルヴェール荘の方へ向きを変えると、歩き始めた。

そして声を大きくして言った。

――さあ、朝御飯に遅れます。佐和子さんは時間に厳しいんですよ。

私が並ぶと、上村は続けた。

――ソルヴェール荘の前の女主人、亮子さんは女傑だったらしいですね。節枝さんが、小説にするなら彼女のことを書きなさいよ、いくらでもエピソードがあるからって煩いんですがね。

——ああ、そうですね。目立つ人でしたね。陽気で面倒見がよくて、私もずいぶんお世話になりました。

——彼女の思い出も、すでに風化していくんですね、わずか三年で。このサキイ町でも、すでに遠い人のようです。

——そうですか。この川辺の風景もすっかり変わってしまいましたからね。

私はその場の空気を取り繕うように言った。

25

ソルヴェール荘では、朝食の準備が整っていた。

——男性二人、早起きなのね。上村はいつもだけど、影山さん、今はそうなの?

——そうだね。

私は急に昔を思い出して、口籠った。

あの頃、佐和子と二人で起きるのは遅かった。目を覚ましてから、しばらく布団の中で互いに身体をまさぐっていた。毎朝、交わるのが日課になっていた。夜の疲れは翌朝になると、もう残ってなかった。若い盛りだったのだろうか。それよりも何かに憑かれたように身体を求め合っていた。何か強迫観念から遁れるように。それが何だったのか、今ではもう分らない。

食卓には、パンとコーヒー、ハムエッグが並んでいた。亮子の時代から、和食の朝食は出なかった。懐かしいコーヒーの味がした。

節枝が厨房から、お代わりのコーヒーポットを持って出てきた。

――コーヒーは変わっていないね。

――亮子さんの時代と同じに淹れてますよ。この味、表のカフェでも評判なんですよ。時代遅れとか関係ないですよ。いいものはいいです。

――そうだね。

節枝の自信に満ちた断定に、私は頷くしかなかった。

鈴子からの電話で、修作が私を車で迎えに来ることになっていた。それまでの時間、佐和子が庭を案内するという。先に立って佐和子は正面玄関から裏庭に廻った。

玄関を出て左手に見える、昔の私のアトリエ、今はカフェに替わっている建物を一瞬、心残りのように眺めた。傍にあった薄いピンクの薔薇のアーチはなかった。急に思い出した。「ピエール・ド・ロンサール」という名前だった。十六世紀のフランスの詩人の名だと登世子が教えた。その花を登世子はいつも愛でていた。「澤田の家では薔薇は合わないわ」、そう寂しそうに登世子は笑った。その薔薇を登世子の肖像画の背景にしたのだ。すっかり忘れていた記憶が、上村から聞いた肖像画の話でふっと蘇った。

佐和子は裏庭の花壇の間を歩いている。時々、花ガラや枯葉を素手で取り払って、腕に掛けた緑の作業袋に入れている。

――そのうちに葡萄畑に変わっているわよ。でも、もう来ることはないわね。

私はつい頷いていた。

――あなた、変わったわね。そこそこ幸せそうよ。奥さんとうまく行ってるのね。

私はまたも頷いた。君のほうは？　と聞き返す勇気も親切心も残っていなかった。そのしみの目立つ肌は労働で酷使されたものだった。

私は昨夜からの疑問を佐和子に問い掛けてみた。親友だという佐和子は、鈴子が私を呼んだ理由を何か知っているのではないか。

――でも、どうして鈴子さんに呼び出されたんだろう？

――そうね、私も分らないわ。もしかしてあなたの絵がまだ澤田の家に残っているのかしら？　そんな話は聞いたこともないけど。あなた、気が進まないなら、今からでも断っていいのよ。急用が出来たとか、私からうまく繕ってあげるから。

――そうだね。でも、行ってみるか。

――そう？　そうしてくれると友人としてもありがたいわ。あの人、あなたに何か相談があるのかもしれない。長い付き合いだけど、肝心のことは最後まで教えてくれなかったりするのよ。澤田の家に後妻に入ることなど、知ったのは籍を入れた後だったわ。

佐和子が話しながらも、注意深くひとつひとつの花々を観察しているのに気付いていた。ただ愛でて鑑賞しているのではない、生産者、管理者としての視線だと感心していた。

――あの人も、旧家に後妻に入って、旦那さんや周りに気兼ねして、いろいろ苦労したんだわ。そのせいか、結構きついのね。あの例の、あなたが描いた肖像画が出てきた時なんか、あの絵を足蹴にしたんじゃないかしら。

――足蹴に？

私は思わず声を上げていた。

佐和子はこちらに向き直った。その唇を歪めた顔には皮肉の籠もった笑いがあった。

――これは祥子ちゃんから聞いた話よ。私に言うの、小母さん、家の母、怖いんですよ。父の書斎であの絵を前にして、父のワイシャツを鋏でびりびり裂いて、踏んづけていました。畜生！　畜生！　って叫んでました。

――そんな怖い人だったら、やっぱり行くの、止めようかな。

――そうする？

私を見て佐和子は声を上げて笑った。

――何よ、後ろ暗いことでもあるみたいよ。

――きつい冗談だなあ。

私もつられて笑った。私は怯えたような表情を見せていたのだろうか。

しかし、やはりかつての澤田の屋敷を今一度訪れておきたいという願望はあった。ソルヴェール荘と同じように、私にはかけがえのない懐かしい思い出の場所だった。もう再び見ることはないだろう。この機会を逃したくはなかった。

佐和子と庭を廻りながら、自然と昔を思い出していた。

――ここは昔、冬にはスケート場になっていたところだね。

――ええ、そうだったわね。私、冬場はあまり来たことはなかったけど。あの頃、夏はよく来たわ、コンサートをしたしね。

その言葉で二人は急に気詰まりになった。そのコンサートが縁で二人は出会ったのだった。やがて二人でアパートを探して、一緒に住んだのは半年ほどだった。

佐和子は直ぐに言葉を継いだ。

――あなた、あの頃スケートしたの。

――そうだね。あまりうまくはなかったけど、運動不足解消にね。

――二十数年も経つと全く変わるのねえ。ここにアイス・スケート場があったなんて覚えている人、もうこのサキイ町でもわずかでしょう。

――そうだろうね。

手入れの行き届いた花壇にさまざまな花が咲いている。これらの花々も今に葡萄の木に取って代わられるであろう。

――今度の仕事、鈴子さんが一大スポンサーなのよ。

佐和子は言って、それからちょっと口籠った。

——あなたから見て、澤田の祥子ちゃんって魅力的？

私はすぐに答えられなかった。

上村が祥子に惹かれているのは傍からでも分った。しかし、本人は祥子が登世子に似ていると言った、それで興味があると。

私は話題を逸らそうと、言ってみた。

——この頃日本でもあちこちの葡萄園のグラヴィアが目に付くね。でも、どれくらいの規模になるか知れないけど、人手も大変だね。

佐和子は直ぐに熱の籠もった目差しに変わった。

——そうね。ほら、あの澤田家の向日葵畑。

佐和子は庭の奥に続く向日葵の群生を指差した。

——あそこも鈴子さんが提供してくれるの。人手はいくらでも要るわ。澤田の修作さんは鈴子さんが渋っているけど、やはりここいらの土地のことをよく知っているから、外せないわ。それに節枝さんにも老体を押してしばらくは働いてもらわなけりゃあ。上村もだわ。

私は驚いたように、目を丸くした。

——あの人に、農作業が出来るのかしら？

——ここにいる以上、手伝ってもらわなければ。

私は農作業で腰を窮屈そうに丸めた上村の細い姿を連想して、内心笑った。理屈は立つけれど、あの生白い身体では太陽の下のもやしだな、すぐにげんなりとへばってしまうだろう。先ほどまで言い負かされるばかりだった上村に、幾分溜飲を下げた思いだった。

庭を案内する佐和子の脳裏には、すでにこの花畑にも向こうの向日葵畑にも、豊かな緑の葉叢で限りなく続く、葡萄の畝の連なりが見えているのだろう。熱を帯びたその横顔に、かつての欲望に興奮し、うっすらと汗をかいた面影を思い出していた。

佐和子は首を縮めて、悪戯っぽく笑った。

——あの人、自分じゃ作家なんて言って何か書いているらしいけど、どうも駄目なんじゃないの。それより、ちゃんとした農夫に育ててみせるわ。葡萄園の支配人にね。ほら、鍛えればいい身体になると思うわ。

佐和子の視線の先で、上村が華奢な上体を折り曲げて、こちらに会釈をした。川辺の散策に行くのか、鍔広のグリーンの帽子にリネンらしい縞模様のシャツを着ている。

——今に麦藁帽子にカーキの作業着、ゴム長姿が似合うようになるわ。

私は先ほど上村の農夫姿を想像して侮蔑的な笑いを浮かべたのに、急に彼が羨ましくなった。佐和子が農夫として鍛え直すというからには、上村の肉体の強靭さも十分承知しての言葉であろう。

この広い大地で、太陽の下で働くのは何と開放感があるだろう。清涼な大気と水量豊かな川の辺で、緑溢れる葡萄の木を育てる。まだ五十代前半ならばやり直しが利く年であろう。佐和子は今や怖いもの知らずで、突っ走ろうとしている。

——幸一さん、あなたもここへ来たら?

急にファースト・ネイムで呼ばれて慌てた。こちらの気持ちを見透かされたように思った。

——でも最初のうちは収入は保証できないわね。それに奥さんがなんと言うかしらね。

——ありがたいけど、とっても考えられないね。娘もいるしね。

私は直ぐに答えた。

——それにやはり、絵を描いている時が一番生きていると感じる時だからね。たとえマンネリのパン絵でもね。その他の時間は自分が生きているっていう実感はあまりないね。

佐和子は一瞬こちらを探るように見た。もう笑ってはいなかった。

――幸一さんもそれで生きているのね。私も、何だかふっとこの世から消えてしまいたくなる時、植物を触っていると安心するのね。自分が生きているって感じるわ。二人とも互いに、この世とは希薄な絆しかないのね。

佐和子の口からそのような告白を聞くことは意外だった。私は意識的にはぐらかすように言った。

――そうかな。私から見たら、君なんかとても生活力があるって見えるけど。

――相変わらず、私のことが分っていないのね。

佐和子が寂しそうに笑った。

車の停まる音がした。グレーのライトバンから、老人が降りてきた。

――ああ、お迎えが来たわ。

佐和子がほっと解放されたように呟いた。

その言い方が、まるであの世からの使いのようで、私は思わずぎょっとした。

佐和子も疲れているのだなと直観した。その疲れから遁れようと、がむしゃらに身体を酷使しているのだろう。

私は観念したように、車の方へ歩いて行った。

26

運転しているのは澤田家の管理人、修作と呼ばれる男だ。昨日、向日葵畑でその姿を垣間見た。修作には昔、何度も会った。

節枝が私のボストンバッグを下げて、修作がドアを開いて待っている後部座席に置いた。私は助手席に乗ろうと思ったが、修作が相変わらず同じドアの傍に立っているので、逆らわずに乗り込んだ。

佐和子と節枝が見送った。もう会うこともない二人だった。やはり亮子のいないソルヴェール荘は、私には遠く感じられた。振り返ると、薄緑の輝く柳の大木を背にして、二人の女がこちらを黙って見守っていた。

車が走り出してしばらくしてから、声を掛けた。

――確か修作さんでしたね。もう二十数年振りで、すっかりお見それしてしまって。

修作はバックミラー越しにこちらをちらりと見て、会釈した。それ以上何も反応がないので、私の方も黙った。

昔も口数が少なかった。それにこちらに好意を抱いていない節が、その言動の端々に見られたことを思い出した。こちらも一応、礼儀上挨拶の言葉は掛けたのだから、後は素知らぬふりで済まそうと決めた。車で十分もあれば着く距離だった。

あの頃は、ソルヴェール荘の前の畑を進んで向日葵畑を横切り、小さな木の橋を渡って澤田の家に通った。木の橋は今はなかった。春先に急に氷が解けて増水で流された、と節枝が言っていた。秋になって夕方暗くなるまで澤田の家で仕事をして、修作に車で送ってもらった時もあった。その時もお互いに無言だった。

やがて車は正門を潜り、玄関前の車寄せに着いた。以前と少しも変わっていなかった。ここに通った頃は、車で正面玄関に乗り付けるなどという仰々しい到着の仕方は、若い画家の身で考えもつかなかった。いつも肩からスケッチブックや身の回りの品を入れた頭陀袋を下げ、澤田家の裏庭に通じる通用門から入って行った。時折、すでに川辺のベンチの上で、登世子が待っていることもあった。

鈴子が玄関の敷石を降りてきて、私を迎えた。

――どうもわざわざお寄りいただいてありがとうございました。

そういうと、先に立って客間の方へ案内した。

屋敷の内は一見した所、二十数年前とあまり変わっていないように見えた。客間は奥の庭に面していて、手入れの行き届いた植木が整然と配置されたその中央には、築山と池があった。私はいつもこの庭から客間に上がって、お茶や時には食事をご馳走になった。絵を描くのは、庭の片隅の物置小屋脇に日陰になった場所だった。そこにイーゼルを立てて描いた。画材や道具はその頃、小屋に預けっぱなしだった。小屋を管理する修作とたまに顔を合わせたが、ただ挨拶だけで口は利かなかった。

客間にはかつて置いてあったグランド・ピアノはなかった。もしかしたら、別に音楽室を作ったのかもしれない。娘の祥子は音大に通っているというし、鈴子ももともとこの家に、登世子のピアノ教師として通っていたことを思い出した。正面の壁には、ソルヴェール荘で見た、同じ画家の手になるらしい百号ほどの街角の風景画があった。あの頃私が描いてこの壁に掛けてあった、確か百号を超えた大作と記憶している、サキイ川の川辺の風景画はなかった。

突然ドアをノックする音に私はギクリとした。昼間の今の時間、誰か鈴子の他にいるのだろうか。

家政婦がコーヒーとケーキを運んできた。知らない五十前後の女だった。当時の女使用人の顔は思い出せなかった。この家に来た時には、あまり家政婦の姿は見なかった。修作や節枝のように、いまだ何十年に渡って同じ家に働いているほうが希少なことなのだろう。家政婦が出て行くのを見届けて、鈴子は私に洋ナシのタルトを勧めた。

——どうぞ、召し上がってください。洋ナシはこの辺りのいまや名産品になっていて、結構おいしいんですよ。

鈴子はいかにも大家の奥様という風情で、ゆったりと社交的なその物腰には幾分人を食ったところが感じられた。昔の内気な女学生のような、おどおどと戸惑った様子はどこにも残っていなかった。鈴子はコーヒーを一口飲むと、辺りを見回しながら言った。

——ほとんどあの頃と変わっていないでしょう。亡くなった主人が手を入れるのを嫌がりましたから。

——そうですね。もっとも台所や洗面、トイレなどは全部替えましたけどね。

——これだけ立派な梁や天井、建具の細工は、もう今では出来る職人はいないでしょう。

——そうでしょうね。でも、この秋には全部壊すつもりです。新築します。

鈴子は無頓着に言い切った。それとなく佐和子から鈴子の気性は聞いていたが、こちらの賛辞をにべもなく切り捨てられたようで、私は返す言葉が見つからなかった。

言葉を捜して言ってみた。

――あの壁の絵、ソルヴェール荘で見たのと同じ画家の絵ですね。

――そうです。祥子のお気に入りなんです。

「お気に入り」という語調に、私は別のニュアンスも感じ取った。

――今日は祥子さんは学校ですか。

――そうです。学期末の演奏の試験があるそうです。

こちらから質問しているばかりで、まるで自分から進んで訪問したようだと感じた。しばらく黙って相手の出方を窺おうと思った。

鈴子は言葉の接ぎ穂を探すように黙ってまた一口コーヒーを飲むと、改まった声で言った。

――あなたにご相談したいと思ったのは、娘、祥子のことです。この絵の画家と今、付き合っているのですが……。

そうして、壁に掛けられた絵のほうへ顎をしゃくった。その態度から、あまり彼に好意を抱いていないことは直ぐに知れた。私は鈴子がここへ呼んだのは祥子のことと知って、いくぶん拍子抜けした。しかし、次の言葉で一時に緊張が高まった。

——主人が生きていたら、また画家かと言うでしょう。正直、画家はもうたくさんですわ。

鈴子は改めてソファから身を乗り出すようにして、私に対峙する。「また画家か」とは何を意味するのだろう、私は悪い予感がして不安になった。

——彼はそれなりに今は売れています。そのせいか、どうも廻りに女の影が多い。失礼ですが、あの頃のあなたと同じようにですわ。

そうして、私を黙って見つめた。鈴子の先ほどからの言動は、初対面に等しい自分に対してあまりに不躾ではないか、私は内心で憤った。

——でも、どうでしょう。まるで周りの女たちから力を貰って、絵を描いているようですわ。でも、その時だけですね、その絵の輝きは。

私はここで反論すべきだと思ったが、どう答えていいか迷っていた。昨日の佐和子がこの画家の話をする様子を思い浮かべた。佐和子と彼の関係が分らない以上、みだりに口は出せなかった。

私が無言でいるのを見て、鈴子はますます迫ってくる。

――失礼ですが、今のあなたにあの頃の絵の力がおありになりますか。

私は驚いて鈴子を見やって訊ねていた。

――今の私の絵をご覧になったことがあるんですか？

鈴子はその質問には直接、答えなかった。

――祥子の夢が破られると、あの人と同じになるんではないかと心配してるんです。ええ、勿論、祥子とあの人では立場は違いますからね。同じに比較はできませんがね。

「あの人」とは誰のことだろう。私は理解できぬように曖昧に首を傾げた。しかし、私もここで言っておかなくてはならなかった。

――私は画家として生きるしかありません。たとえ、若い頃の力とは違っても、毎日続けていくしかありません。それが私が生きているということですから。

鈴子は大きく溜息をついた。

――ええ、分ります。毎日、同じことの繰り返ししかありませんでした。あの人の存在に劣等感を持っていても、毎日を耐えて生きていくしかなかった。それが二十年以上も続いた……。

私は鈴子の慨嘆に構わず続けた。

——祥子さんがどんな夢をこの画家に抱いているか分かりませんが、誰にも彼の未来など分りません。しかし、この画家にしたら、若くて未婚で資産もおありになる祥子さんほどの相手は他に見つからないでしょう。それは確かですね。

鈴子は、今は自分一人の思いを募らせているのか、またソファの背に身を預けて、こちらの存在には気を払わないようだった。

27

鈴子が突然笑い出した。

——まあ、初対面に等しいあなたに、いきなり持ち出す話ではなかったと思いますわ。びっくりなさったでしょう。いえ、あなたにわざわざお越しいただいたのは、祥子の話をしたいからだけではありません。まだお菓子にもお手をつけていただいていないようで、どうか、コーヒーも召し上がってください。

私は促されて、コーヒーを飲んだ。他に何の話があるのだろう。これ以上、引き止められないうちに退散する機会を狙っていた。

鈴子もコーヒーを飲みながら、低い押し殺した声で言った。

――もしかしたら、影山さんでしたっけ、ご自分の絵をご覧になりたかったんじゃないかしら。昔、あの壁に掛けてありましたね、サキイ川の風景でした。

いきなり核心に触れられた気がして、私は怯えた。今頃になってかつての亡霊でも出てきたようで、そんな不安を与える鈴子の声音だった。私は内心の動揺を隠すように曖昧に首を傾げた。

――そんな絵がありましたっけ？　なにせ、もう昔のことではっきりしません。

――私はよく覚えていますよ。この家にレッスンに通い始めた頃でしたから。あそこにグランド・ピアノが置いてあって、私はレッスンしながら、よくあの絵を見ていたものです。どうしても目に入るくらいの大きい絵でしたから。

鈴子は意識して登世子の名を避けているようだった。私もその名は口にしたくなかった。ピアノが見えなくなった以外は昔のままの造作の客間だった。先ほどは家政婦だったが、今度は登世子がドアをノックして現われそうで、慌てて庭に目を逸らすと、ガラス戸越しに登世子がこちらを見ているように思えた。

庭には降りて行きたくなかった。今でも、そこで仕事をした思い出が濃密に残っている。

登世子の肖像画は最後の仕上げをそこでしたし、川辺の風景画は何枚描いたろう。

――あの絵をお探しでしたら、もうないです。

鈴子は突き放すように言った。

――私が嫁いできた時にはもうなかったんです。主人には聞けませんでした。修作が教えてくれました。あなたの絵は旦那様の命令で、全部破って燃してしまったと。

急に体中に戦慄が走った。俊治の霊が、薄暗い格子天井の隅からこちらを見下ろしている気配を感じた。心を落ち着かせるために、別に疚しいことは何もなかったと自分に言い聞かせた。ただ、登世子に頼まれて絵を描き、登世子の求めるままに何度か身体を交わらせた、それだけだった。

私は話題を変えようと、思いつくまま言った。

――それでも、肖像画は弟さんが来て持って行かれたそうですね。

鈴子はちらりとこちらを向いた。

――ああ、あの自称作家から聞いたんですね。その経緯はもうご存知ですね。繰り返すまでもないでしょう。あの絵だけは主人が持っていました、隠して。だから、弟さんを呼んで持って行ってもらいました。下手にこっちで処分して、後でなにか差し障りがあると困りますから。

「差し障り」とは何であろう。鈴子は「隠して」という言葉に語気を強めた。その簡潔な言い方に、かえって鈴子の心の奥に強い感情のわだかまりを感じた。

――あの絵はとにかく処分しなければなりませんでした。この家に置いておくことはできません。だから、東京の弟さんに直ぐに運び出してもらいました。

鈴子の抑えた口調の中に、地団太踏みたいくらいの憤りを感じて、私は先ほどから怯えていた。それでも心の隅で、俊治は登世子の肖像画の在り処を結局は忘れていたのではないか、そうでなかったら生前に処分したであろうとも考えた。そうとすれば、鈴子がそれほど感情的になることはあるまいとも思ったが、黙っていた。

――なんで、何時までも傍に置いておいたのか……。

鈴子の組んだ両手が小刻みに震えていた。

鈴子は乾いた笑い声を立てた。その目が据わって宙を凝視している。私は先ほど佐和子から聞いた祥子の話、彼女が見たという情景を思い浮かべた。……絵は引き裂けなかったけれど、代わりに破るものはたくさんありましたわ。主人のシャツや背広をずたずたに切り刻んで、踏みつけてやりましたわ……、そう、鈴子の表情は言っている。何か霊が乗り移ったようで、私は怖ろしくなった。

しかし一方で、醒めた思いもあった。鈴子はわざわざ私を呼び出しておいて、何でこんな夫婦の痴話言を聞かせるのだろう、全く部外者の自分に。上村なら小説家として興味があるかもしれない。しかし自分には何ら関係がないではないか。

私はそろそろ暇を告げようと、腰を浮かしかけた。

——お座りになって。これからなんです、あなたをわざわざお呼びしたのは。

鈴子が鋭く叫んだ。

28

——もう、忘れてしまったとお思いでしょう。二十数年も前のこと。ええ、私も忘れてしまいたかった。でも、今でも心の奥に棘が刺さったようで、これを抜いてしまわなければこれから安穏な生活が送れなさそうで。主人が亡くなって三年経っても、心が晴れなくて。そういう時に影山さん、あなたがいらしたんです。自分に何の関係があるとお思いでしょう。澤田家の家庭内のこと、ましてや夫婦の感情の軋轢など、なんで自分に関係があるんだという顔をなさいましたね。いや、隠さなくてもいいです。その通りなんですから。でも、あなたに話しておきたい。それで、すべて心の奥からその棘を抜いてしまって置きたい、それだけなんです。

私は彼女の剣幕に身じろぎもならなかった。しかたがない、乗りかかった船だ、鈴子の話を聞くのはこれが最初で最後だろう、だからともかく終わりまで聞こうと心に決めた。

――あなたと彼女のことは、ほんとうに誰も知らなかったのかしら。亮子さんも主人も、それに佐和子さんも。ほんとうに灯台下暗し、まさにそうですね。でも、そんなことはありえませんね。強いて、知らない振りを通したと私は思っています。その証拠に主人は彼女の死後、あなたの絵を焼き捨ててしまったそうですから。でも最後まで、誰かがそのことを仄めかしても、主人も亮子さんもそんなことは絶対ないと頑として認めなかったでしょう。

私はやはり、ここで口を挟まざるを得なかった。

――ずいぶん昔のことで、私にはもう記憶が朧になっています。彼女って誰ですか。彼女と私とのことって、それは何ですか？

鈴子は私を睨んだ。

——やっぱり逃げるんですね、影山さん、あの時のように。彼女と言うだけで、あなたに通じると思っていましたが、それなら言います。登世子さんです。澤田の私の先妻の。

——ああ、そうですか。あの人には世話になりました。私の絵をずいぶん買ってくれて。でも、それだけですよ。二人のことを今更言われても、何のことか。

突然、鈴子は笑い出した。

——ほんとうに、登世子さん、失望したでしょうね。そんな今のあなたの態度を見て。彼女に同情しますわ。

それから彼女の態度ががらりと変わった。

——いいんですよ、そんなことは。画家としての一つの勲章でしょうからね。

——勲章？

——だって、自分の絵を買ってくれる金持ちのスポンサーは必要でしょう。それが女性客で、その画家が若くて魅力があったら、関係が複雑になることもあるでしょう。

私は何と答えていいか分からないまま、黙った。あの頃、この町で自分の置かれた関係が複雑だったことは確かだ。

――あなたが登世子さんの車でモーテルから出てくるの、見ましたよ。二人で車の中で抱き合っている所も。あの頃私、F市の音楽教室に教えに通っていましたから。でもそんなことはもういいです、済んだことですから。今更昔の亡霊を呼び起こしてもね。ただ、登世子さんにはあなたたちを見たことを言いました。世間に知れたら、登世子さんの立場が無くなると心配したんです。それを聞いた彼女の表情は忘れられません。静かに冷たい氷のような微笑を浮かべました。すでに何か観念しているような、どこかこの世ではない、他の世界を見ている目でした。私なんぞが何も言うべきではなかったでしょう。そんな世界は超えているような目でした。あの人の自尊心を傷つけたかもしれません。

それから鈴子は、またコーヒーを一口飲んだ。

――彼女、どうしてでしょう。いつからか、私に俊治のレッスンもしてくれるように頼みました。こういうことを言われたこともあります。いいわねえ、あなたはまだ子供ができる年だわねって。旧家の嫁として跡継ぎができないことを気にしていたのかしら。分かりません。とにかく何か彼女に覚悟があったのでしょう、そう思います。

そうして、私をきっと見つめた。

――そして、あの事故でしょう。あの人の死で私は決心しました。主人にも、誰にも、あなたと彼女のことは一切口にしないと。私は登世子さんに敬意を払っていたのです。あんなに素晴らしい人はいませんでした。

――でも、あれは単なる事故ですよね。

私は事が深刻になりそうなので、つい言葉を挟んだ。

――そうです。あれは全くあの人の過失です。凍った夜道の下り坂のカーヴを、あんなスピードで通ろうとしたのは。F市であなた方を見たことを言ったからではありません。俊治にも決して言いませんでした、彼が死ぬまで……。でもね、この家にいると、何時もあの人に見られている気がしていました。見守られているというよりも、あの人の代わりに生きているような。だから、主人が亡くなった後、あの人の肖像画が出てきた時には自分を見失ってしまいました。自分の存在はなんだったのだろう、あの人の代わりに生きただけだったのかと……。

しばらく鈴子は遠くを見るように視線を泳がせていた。やがてこちらを見て、安心したように笑った。

――それでも、もう過ぎたことです。あなたに聞いてもらってよかったです。ああ、これですっきりしました。この家ももう解体してしまいます。昔の亡霊には今更、出てきて欲しくない。過去とはすっかり縁を切ります。

私はさまざまな思いが交錯して、呆然と言葉を失っていた。

私たちがモーテルから出てきたことを見たと、登世子に言った鈴子は、果たして何も下心はなかったのだろうか。たとえ、俊治には告げ口しなかったとしても、登世子の心に一つの衝撃を与え、その勢いで氷の上にわずかな亀裂が走ったこともありうるのではないか。

私に告白を終えて、これでようやく重荷が降りたと安堵しているらしい鈴子に対して、やはり私は一言告げたくなった。

——表面的には何気なく受け止められた言葉が、相手を傷つけていることもありますからね。こちらには目に見えないほどの細い亀裂でも、相手がそこに落ち込んでしまうことはある。

先ほどから緊張を解いて、安らいだ表情を浮かべていた鈴子の顔が一変した。不用意に彼女の急所に触れてしまった、と咄嗟に悟ったがもう遅かった。

——どういうことですか、それは！　まるで、私の言葉があの人を死に追いやったとでも。そんなことが言えるのですか、あなた！

鈴子の表情が様変わりして、目が吊り上がり、何か憑き物でも付いたようにこちらを見据える。

――それはあなたでしょう。あの人を二重にも三重にも裏切ったのは。あの人の力を借りて絵を描いた。その絵をあの人に買わせておいて、その金を佐和子さんとの関係に使った。あの人が結婚していて自由ではないから当然だと開き直った。そしてあの人がすべてを捨てて東京にあなたと一緒に出ようとすると、あなたは一人で逃げてしまった。そうです、そんな状態に置いたのは私ではない、あなたなんですよ。

そういい募る鈴子に、私はかつての登世子の声音や面影を認めていた。まるで登世子の霊が乗り移ったかのようだった。

――そんな情況に置かれた彼女の存在は、風前の灯火でしたね。それこそ些細なちょっとした衝撃でひび割れてしまう。そうかもしれない、私の一言も。

今は、鈴子は自分に言い聞かせるように、呟いた。その表情が苦渋に満ちたものになった。

鈴子はあの頃、毎週、澤田の家にピアノのレッスンに通うたびに、登世子の置かれた情況を彼女なりに観察し理解していたのであろう。同時に、親友の佐和子からも、私との関係について相談を受けていたのかもしれない。けれど、登世子に告げた他は何一つ、誰にも言わずにここまで堪えてきた、そう鈴子は言いたいのだろう。

しかし、私は鈴子の言い分をそのまま受け流すわけには行かなかった。

——私とあの人の関係はもっと気楽なものでしたよ。そんなに深刻なものではなかった。確かにあの人は私の絵をいろいろ買ってくれました。そして、私も若気の至りでアヴァンチュールも愉しみました。それでも、そんなことは世間にざらにあることで、取り立てて目新しいことでもありません。ですから、私はすっかり忘れていました。

私は自分の言葉が軽薄で俗悪なものと分かっていながら、先ほど言った釈明を別の言葉で言い直した。

——アヴァンチュール？

果たして鈴子はそう繰り返すと、軽蔑したように低い笑い声を上げた。私も、自分の言葉を出来れば取り消したかった。登世子の思い出のあるこの屋敷で、彼女を貶めるようなことは口にすべきではなかったのだ。

鈴子は急に生真面目な顔になった。昔、初めて佐和子のコンサートで出会った時の、内気な音大生というイメージを思い出した。

――あの人はどこか住んでいる世界が違いました。なにか、この世を離れた天空のはるか彼方に、光りを見ているようなところが……。レッスンをしていて、こちらが鳥肌の立つような、凄い演奏をする瞬間がありました。長続きはしなかったんですが。

登世子を形容する鈴子の言葉はよく理解できた。私も彼女といると、同じように感じる瞬間があった。

――そうですね。あの人は極北の純粋な氷のようでした。どこか、とても純度が高かった。あの人の前に出ると、何時も自分が淀んで見えたものです。

それは、正直な自分の感想であり、登世子への遅ればせながらのオマージュであった。何か、登世子に哀悼と感謝を捧げたい思いだった。

それから、二人はしばらく黙った。

私は直ぐには席を立てなかった。自分が登世子の死とは全く無関係だったと、もう白を切ったまま立ち去ることは出来ない気がした。だからと言って、彼女の死に自分が幾分かでも責任があると認めるのも、登世子に対して、そして最後まで知らなかった、あるいは知らぬふりを通した俊治に対して、そしてこれまで無言を貫き通した目の前の鈴子に対しても、不遜で、僭越だと思った。うわべだけのその場をとりなす言葉はもう言えなかった。

今は長年の気持ちをどうやら収めたらしい、目の前の鈴子の心の内を尊重して、沈黙することしかなかった。私はそれ以上コーヒーも飲めず、洋ナシのタルトにも手を付けられなかった。

29

お昼を用意すると言う鈴子の申し出を断って、澤田の家を後にした。それでは修作に駅まで送らせましょう、という申し出まで辞退するのも礼を失する気がして、遠慮なく言葉に甘えることにした。駅まで一時間に二本ほどのバス以外は、タクシーを呼んでもらうしか方便がなかった。

修作は先ほどと同じように、口数が少なかった。川辺の道を駅のほうへ右に曲がる角で、車は一時停車した。

——墓には行きましたか？

急に問われて、私は防御する余裕もなく、正直に答えていた。

――いや、残念だが、今回は時間がなかった。

――それなら、これからお連れしますよ。心残りのないように。

そう言って修作は、私の返事も待たずに、町道を駅とは反対に左に曲がって、サキイ川に掛かっている橋を渡った。

誰の墓かとは修作に問えなかった。亮子と登世子の墓は同じ了山寺にあると言う。

私のそもそものこの町を訪れた目的は、亮子の墓参りだった。そのために私はこの町に、二十数年振りに立ち寄ったのだ。昔、長年にわたり私を寄宿させ、面倒を見てくれた亮子に対する礼儀だった。そして、今運転している修作は、節枝の言葉を借りると、登世子の墓守のように彼女が亡くなってから世話をしているという。修作が墓というのは登世子のそれかもしれない。

もう、どちらでも良かった。亮子も登世子も隣同士に眠っているという。それなら、二人の墓に参って、修作が言うように心残りをなくして、この土地とは今後一切おさらばだ。そうして義理は果たして、すっかり楽になろう、私は覚悟を決めた。

車は町道を右に逸れて丘の方へ登ると、鎮守の杜を過ぎて直ぐに墓地のある了山寺に着いた。

修作は先に立って、本堂の左手にある洗い場へ向かう。その手には前もって用意したのか、新聞紙に包んだ向日葵の大輪の花が数本あった。私にその花束を手渡すと、自分はバケツに水をなみなみと注いでいる。

やがて先に立って裏手の墓地の方へ向かった。

――どちらを先にしますか。

修作が伏目勝ちに、こちらを見て問う。

――そうだな。やはり澤田家の墓のほうを先にしますか。

登世子とは言えなかった。二十数年経って、初めての墓参りだった。

修作は何も言わずに、私が花立てに向日葵の花を生けている間、持参した蠟燭と線香を灯している。

修作に促されて、柄杓でバケツの水を墓石の頭から掛ける。墓石の側面には俊治のものらしい、新しく刻まれた戒名が一番端に見えたが、私は直ぐに目を逸らした。登世子の戒名は見なかった。簡単に目をつぶり両手を合わせたが、一時も早くこの場を立ち去りたい思いだった。

亮子の墓は、佐和子が言うようにすぐ向かいにあった。澤田家の墓地と比較して、真新しい小ぶりな石が一つ、狭い敷地に立っていた。戒名はなかった。ここでも義務を果すように花を手向け、私は手を合わせた。

——墓は、生きている者のためですね。

修作がぽつりと言った。

——そうでしょうね。思い出してくれる人のためにあるんでしょう。

私が答えると、修作の口許が歪んだ。

急に何か言い出されそうな気がして、私は怯えた。もしかして、登世子の最後の様子を語りたいのかもしれない。修作が最初に事故現場に駆けつけたのだ。

一瞬の躊躇の後、修作の緊張が緩んだ。諦めのような表情が浮かんだ。

私は安堵して、小さな吐息を漏らしたのかもしれない。修作の顔に、侮蔑の表情が瞬間浮かんだのを見逃さなかった。

車に戻って、修作はまた無口だった。

——修作さんも、葡萄畑を手伝うんですか？

私は聞いてみた。

——葡萄畑？

険しい表情がバックミラーに映った。

――いや、佐和子さんが言ってましたよ、修作さんのようなベテランの指導が必要だって。

私はこのまま永久に気まずく別れるのが嫌さに、お世辞を言っているのだろうか。

――いや、もう年だから引退させてもらいますよ。

――頼りにされて働けるうちがいいですよ。私もこれでも待っていてくれる者がいるから。

修作はバックミラー越しに頷いた。

サキイ町の駅に着いた。

修作は車から降りて、頭を下げた。

顔を上げると、その黒光りする肌の奥に、細い目が一瞬きらりと光った。

――登世子奥様はおっしゃいました。氷の上をどこまでも滑っていきたいわ。月がきれいねえ。そうして空を見上げて、そのままでした。

細い目に光るものは涙だと分かった。

修作はすぐに顔を背けると、老人にしては機敏な身のこなしで車に乗り込んで、去って行った。

私はしばらく呆然と立ち竦んでいた。

それまで氷で覆われていた心に一つの亀裂が走った。その氷の間隙から、暖かく懐かしい異空間の光りが差し込んだ。

このサキイ町に着いてから、佐和子や上村、鈴子に対して氷の壁で心を隔ててきた。しかし、その向こうには、私のほんとうの溢れる思いがあった。

駅舎に入った。十分ほどでF市行きの列車が到着することを確かめた。

急にこのまま、サキイ町を去ることが心残りになった。

列車を乗り過ごして、もう一度、あの緑豊かな川辺の道を歩いてみよう。上村の話の続きを聞いてみたい。いっそのこと、葡萄畑で働かせてもらおうかしら……。

しかし、直ぐに思い直した。私にはもはやあの頃のような感性の煌き、輝きはない。今垣間見た光りは、昔の思い出の残照にすぎない。透明で純粋な氷の結晶は登世子と共に永遠に解け去って行った。登世子はその氷の上を滑空して、そのまま極北の世界へと旅立った。私の感性の輝きを抱え込んだまま、氷上を彼方へと滑り去ってしまった。

私にはもう、日々の糧のための小さな平凡な絵しか描けない。

けれど、今更どうしようと言うのだ。私には絵しかない。絵を描くことでどうにか日常の時間をこの世に繋ぎとめている。たとえ、駄作の重なりだとしても、それは私自身の生き様でしかない。この瞬間、この場所にいる自分を描き続けていくしかないのだ。

佐和子は言った。植物を触っている時だけが、この世に繋がっている気がすると。その意味は私にはよく分っていたのだ。

佐和子も上村も鈴子も、いやこの世に生きるすべての者が皆、希薄な糸を頼りに現実の世界と繋がっている。そして、日常の時間の隙間に落ちると、その糸はぷっつりと切れ、ふっと別世界へ旅立っていく。登世子のように。

列車が近づいてきた。

著者略歴

村山りおん（むらやま・りおん）

佐賀県生まれ。東京外国語大学フランス語科卒業。

東京藝術大学大学院音楽研究科修了：博士（学術）。

主な著作

詩集：『園生より黄金の惑星へ』、『惑星の紀行』（書肆山田）

小説：『プラスティックの小箱』、『絹のうつわ』（小沢書店）、

『薔薇畑で』、『石の花冠（第５回小島信夫文学賞受賞）』、

『オフィーリアの月』、『一本の葡萄の木』（作品社）。

研究書：『メーテルランクとドビュッシー』、

『ペローとラシーヌの「アルセスト論争」』（作品社・村山則子名）。

氷上に滑空

二〇一六年一月二〇日第一刷印刷
二〇一六年一月二五日第一刷発行

著者 村山りおん
装幀 小川惟久
発行者 和田肇
発行所 株式会社 作品社
〒一〇二-〇〇七二
東京都千代田区飯田橋二ノ七ノ四
電話 (〇三)三二六二-九七五三
FAX (〇三)三二六二-九七五七
振替 〇〇一六〇-三-二七一八三
http://www.sakuhinsha.com

本文組版 米山雄基
印刷・製本 シナノ印刷㈱

ISBN978-4-86182-568-2 C0093